落合水尾と観照一気

松永浮堂
Matsunaga Fudo
句文集

文學の森

落合水尾と観照一気——松永浮堂句文集◇目次

第一部――水尾俳句の鑑賞　9

第二部——松永浮堂句文集　175

装丁　巖谷純介

落合水尾と観照一気

松永浮堂句文集

第一部——水尾俳句の鑑賞

※文中における水尾俳句は、一部を除きその作者名を略した。

①句集『青い時計』を読む

時計の音が青い青いと啄木鳥《きつつき》

昭和四十三年、私が加須西中学校に入学し、水尾先生の担任する一年五組の生徒となったとき、その教室にこの句を揮毫した横軸の額が掛けてあった。揮毫したのは水尾先生の師の長谷川かな女であると伺った。無論その時は何も分からず、これが俳句というものかと思ったことであった。この句は、水尾先生の第一句集『青い時計』の句集名の元になった代表作である。

また、入学したその日に、担任の自己紹介の中で水尾先生に『青い時計』を見せていただいた。句集の中に若々しい水尾先生の何かを考えているような写真があった。また、カバー絵が印象的であった。中央の上部に時計台があり、そこへつづく一本の道とそこを歩いて行く人が描かれている。左右は街と樹木の緑である。その時計台は何とも美しく、遠いヨーロッパの国を連想させて、夢やロマンが広がって行くような印象を与えるものであった。その感じが少年である私に、俳句の世界が夢のような世界であるという印象を与えた。

このカバー絵は野本正雄画伯によるものであると書かれている。題字は岡安迷子、序文は長谷川かな女が書いている。

『青い時計』は昭和三十六年、水尾先生が二十四歳の時に出版されている。水尾先生の第一句集で、水尾先生の十代から二十代初めまでの句が収められている。

長谷川かな女は序文の中で、

五十年も先に生まれているわたくしが、水尾さんの俳句を好きなのは、水尾さんの純真といたわりが作句の随所に見られるからでしょう。上手な句、技巧の勝れた句は、数多く見ました。心で詠ったものは仮に稚拙であってもたのしめます。「青い時計」解かったような解からないような題をつけて欣んでいる水尾さん自身が「青い時計」であるかも知れません。夢のない現代では稀らしい事です。

と書いている。

かな女は水尾先生の旅の話を取り上げ、

比叡山では帰りのバスを逸して独り不案内の道を歩いて下山するとき、淋しさに耐えられなくなって、大声で叫んだ、と云うような天真爛漫さが、早すぎる句集上梓を思い立たせたのでしょう。

と書いている。晩年のかな女にとって、水尾先生の若々しい姿は本当にまばゆい存在であったに違いない。最後にかな女は

「青い時計」が、次は何色になるでしょう。夢のない時代が来るかも知れませんが、初心を忘れずと云った世阿弥の言葉をどこかに記憶して置いて下さることをお願いします。

と書いて序文を結んでいる。

この時のこの言葉を受けて、その後の水尾先生の観照一気の道程が開かれて行くのである。それから五十余年、今日、水尾先生は第十句集『円心』を出版するに至っているのである。

水尾先生は『青い時計』のあとがきの中で、

私には自分が解からないという青春の不安が、いつもつきまとっていた。こういう自分を底の底の底まで掘り下げて、みつめて、そこにこみあげてくる力強い青春の感激の数々を、句であらわし、まとめたものが「青い時計」である。若き日というのは、人間の持つもっとも尊い幸福であるといわれるが、「青い時計」は、いわば私の青春のしあわせを、永遠に奏でてくれる貴重なオルゴールであるといえるかも知れない。

と述べている。『青い時計』は、水尾先生の青春の一刻一刻のドラマと感激を永遠に刻みつけた青

春の記念碑なのである。

◇

『青い時計』の作風は、伸びやかで自由奔放である。端正な写生句あり、激情を吐露した叙情句あり、自由律俳句を思わせるような句もある。恋愛や旅の孤独、旅愁、美しいものとの出合いを材としたロマンチシズムに溢れた句が読む者の心を捉える。そこには、清らかな青春の日の感激が、谷川山麓の源流の早瀬のように清々しく貫流しているのである。

笹舟に乗ったり降りたりオリオン座

第一章「笹舟」より。昭和二十九年、水尾先生が十七歳のときの作。処女作であると学生時代に伺ったことがある。「笹舟」の章の扉裏に、

山中諭吉先生をたずねる。その帰途はじめて俳句をつくる。水の流れと星の輝きが心にのこる。

と書かれている。山中諭吉先生（礼羽中学校長）の家を訪ね、俳句の奥深さについて説かれ、今後は俳句の道を進もうと決意したのである。夜空の美しい星々が川面に映っている。郷土の野川の清らかな流れが感じられる。自ら作って流した笹舟に、星座が乗ったり降りたりするように感じられたという。純粋な澄んだ詩心が感じられる句である。

子等乗せて馬方たのし夕焼ける

「馬方」は、駄馬を引いて客や荷物を運ぶことを業とする人のこと。夕焼け空の下、仕事を終えた馬方が子供を乗せているのである。平和で長閑な郷土の田園の夕暮れ。懐かしさを覚える牧歌的な景である。素直な表現の作品である。

コスモスに足遊ばせて窓を拭く

硝子窓を拭く作者。窓の下にはコスモスがたくさん咲いて秋風に揺れている。窓辺に腰を下ろし、足を遊ばせながら拭いているのである。爽やかな風が総身をつつむ。少年の日の明るく楽しい一刻が封じ込められている句である。十七歳の無垢な表現が輝いている。

返り花目を疑いて近づきぬ

返り花の珍しさに思わず近づいてみて、本当かどうか確かめたのである。素朴で素直な表現であり、童心が輝くような純なまなざしが感じられる。初冬の小春日和の頃の句であろうか。俳句を作る者の目を持って身辺を見まわすと、さまざまな景が光り輝いて目に入って来る。そんな初心が感じられる句である。

寒雀近づきたくてさがりけり

雀等の小動物は、一定の所まで近づいてくると、それ以上人間に近づくことはせずに遠ざかって行く。その様子が詩になっている。この句の面白さは、そういう雀の姿を「近づきたくて」という主観的表現を加えて把握しているところである。本当は近づきたいのだが、思わず後退りしてしまうというのである。これは雀ではなく、人間の心の真実を捉えた表現である。本当に近づきたいものを前にすると、思わず後退りしてしまうのが人間の心の真理である。相手が美しい女性や恋人であるとき、誰しもそれを強く感じるはずである。十七歳の心が捉えた真実である。一句の表現は無理がなく素直である。

短日や千羽の鶴の千羽の影

第二章「千羽の影」より。昭和三十年、十八歳のときの作品である。水尾先生は、受験勉強ですさみがちの私に、うるおいを与えてくれたのは俳句だった。夕焼の土手に駆けのぼっては村をながめ、牛と語り、れんげ草の田に寝ころんでは宇宙にささやいた。私は自由だった。すべてのものが、私に手をさしのべ、ささやきかけてくれた。紫陽先生からは平凡の美を、迷子先生からは写生の大切さを学ぶ。

と句集の中で書いている。

掲出句は、加須の不動尊總願寺での作であるという。不動堂の軒に吊られた千羽の折鶴の姿を描いた作品。初冬の夕暮れの景。短日であるが故に日は赤々と千羽鶴を染め、その影は大きく長く伸びて軒に落ちかかっている。読者は、この千羽の折鶴が千羽の影もろとも一斉に飛び立つ姿を思い描くこともできよう。しかし、ここでは千羽鶴はあくまで静かに、短日の日の光の中に存在しているのである。千羽の折鶴に千羽の影があるという把握は、十分な写生の修練を積まなければ得られないもののように感じられる。水尾先生は高校生であった少年時代に、徹底して写生を学んでいるのである。

ちゃんちゃんこ着て空舟をあやつれる

高浜虚子の選を得た句であり、また虚子の添削の筆が加えられている句と伺っている。初案は〈ちゃんちゃんこ客なき舟をあやつれる〉であったが、虚子が入選とした上で掲出句のように添削を加えたという。

小舟が利根川を行き来する姿が想起される。冬の晴れ渡った空の下、ちゃんちゃんこを着た男が空舟を漕いで利根川の水面を進んでいくという景である。贅肉を削ぎ落とした簡潔な表現の中に、実景をしっかりと捉え描き切っている句であり、写生と省略の妙味を感じさせる作品である。

藤 胸 に 垂 れ 十 代 の 過 ぎ 行 く を

第三章「暁けの車窓」より。昭和三十一年、水尾先生十九歳の時の作品。この章の始めには、大学生活はじまる。S子を知る。かな女先生にお目にかかる。わがままな私を、やさしく見守ってくださった先生を、私は母とも感じた。空間の美を学ぶ。私の前に咲き出た花は根無し草ではない。太陽の永遠の活動を信じたひまわりの花である。

と書かれている。不動岡高校卒業。埼玉大学入学。生涯の師・長谷川かな女と出会い、「水明」に入会。俳句の作者として、一つの決意を胸に新たな一歩を踏み出したことが分かる。

掲出句は、過ぎゆく自らの十代の日々を惜しむ叙情句である。作者は藤棚の下に仰向けになっているのであろうか。そういう状況を心に思い描いての作かも知れない。紫色の香しい藤の花を仰ぎつつ、自らの十代が終って行くのをしみじみと惜しんでいるのである。みずみずしく惜しんで余りある十代。二度とやって来ることのない十代との決別である。その思いを美しい藤の花に託して、一句の中に永遠に封じ込めているのである。

時計の音が青い青いと啄木鳥《きつつき》

昭和三十一年、軽井沢での作。高原の澄んだ空気の中に、啄木鳥が木をつつく音が遠くから聞こえて来る。柱時計の時を刻む音も静かに聞こえて来る。清澄な空間の広がりが感じられる中で、時計の音が作者の若々しい胸に迫って来るかのようである。「青い青い」は青春、青年期ということであろう。自分自身の若さへの自覚と自信とが、美しい空間の中で詩的に結晶している。

幾砂丘越え夕焼けのおとろえず

昭和三十一年の作。「奥の細道旅行・不動岡高校社会部の学生たちに同行」と前書きがある。作者の前には、夕焼けに染まった砂丘がうねりつつ重なりつつ続いている。砂丘を越えてもまた次の砂丘が現れる。どこまでも続く砂の景。夏の日の夕焼けが西の空いっぱいに広がっていて、その夕焼けは永遠に続くかのように衰えを知らない。自然の力の雄大さの前に、作者は立ち尽くすしかない。描かれているのは、大自然のエネルギッシュな姿である。若くなければ、このように大胆には詠出できない。読者もこの夕焼けの景の中に引き込まれて行くような、力強い表現力を持った句である。

落日に潮蹴り上げて泳ぐなり

昭和三十一年の作。「柏崎五句」の前書きがある。落日。さびさびとした日本海の水平線に、真夏の太陽が揺らぎながら赤々と沈もうとしている。海も落日の色に染まり輝いている。その海に飛び込んで、思う様泳いでいるのである。

まず「落日」という時間の設定に惹かれる。自然が最も輝いて見える時間である。ドラマの生まれる時間である。若々しい姿の裸体が、水しぶきを上げながら力強く泳いで行く姿が見えて来る。日本海の夕日を眺めて、青春のエネルギーに充ちた肉体は、その海に挑戦するかのように飛び込み泳がなくては済まなかったのである。大自然と自己とを一点に切り結ぶことが本望だったのではないだろうか。「潮蹴り上げて」の動的表現が美事であり、青春の日の躍動を一瞬のうちに表現しているように思える。

椅子に人形あだめき雪の降り出《い》だす

第四章「雨の焚火」より。昭和三十二年の作。水尾先生は二十歳の大学生であった。一句の形象は、人を引き込むような不思議な光景である。それがどこなのか、現実なのか夢の世界なのかも分からない。椅子の上に人形が置かれている。吉田一樹氏はその著書『現代俳句への道』の中で、この人形は洋人形ではないかと書いている。

硝子窓に囲まれた不思議な空間を、読者はまず思い描かずにはいられない。雪が降り出すと窓には雪片がちらちらと輝き始め、人形のある一室の空間は一層異様な趣を呈して行く。人形があだめき雪があだめく。青い瞳の人形が妖しく艶めいて輝き出す。この空間表現は青年でなければ作り得ないものである。写生に始まり写生を超越した造形美が感じられる句である。水尾先生の俳人としての早熟な力量が強く感じられる。

蝶々のどこへ飛んでも旅情の丘

昭和三十二年の作。「小諸五句」の前書きがある句の中の一つ。水尾先生は学生時代、頻繁に旅に出ている。旅の孤独の中で自己を見つめ、作品を生もうと努力している様子が窺える。それは『青い時計』を貫く一つのテーマでもある。小高い丘の上に立って蝶の行方を追い、旅愁に浸る。小諸のその地を作者は「旅情の丘」と表現している。叙情性の迸るような不思議な詩語である。高浜虚子が戦時中に疎開した小諸であり、島崎藤村の「千曲川旅情の歌」の詩情の漂う小諸である。

「小諸なる古城のほとり　雲白く　遊子悲しむ」その旅情の丘に立った感激が、みずみずしい作者の胸の内と共に読者にも伝わって来るかのようである。

第五章「木片」より。昭和三十三年、水尾先生二十一歳のときの作。この年の夏、水尾先生は北海道十九泊の一人旅に出ている。創作への情熱が駆り立てた一人旅であったろう。水尾先生は句集の中で、

　　はまなすのどこへ腰掛けてもひとり

　月寒のポプラ・羊、稚内のくらげ、原生花園のはまなす、オホーツクの空、阿寒のまりも、根室の海霧、襟裳のこんぶ、そして白老のアイヌ等、孤独は神に通じる最良の道であることを語ってくれた。

と書いている。このときの北海道旅行の句三十句が『青い時計』に収められている。

掲出句は網走国定公園小清水原生花園での一句である。青春の孤独と若き日の漂泊の思いがひしひしと伝わって来る句である。はまなすの乱れ咲く原生花園は、最果ての地の青空の下、どこまでも広がっている。彼方には紺碧深いオホーツク海が広がり、波が打ち寄せている。人影はどこにもない。この絶景のすべてが自分自身に向かって開かれているのである。一人旅の孤独と自由とを満喫し、気の済むまでここに留まって詩情を湧き立たせればよいのである。どこへ腰掛けてもいいのである。大自然と自己との孤独な対話が際限もなくつづく。

掲出句は、自然と自己とが孤独の中で一体となって生まれた句である。旅愁がオホーツク海を渡る風と共に沁みて来るかのようである。ここが『青い時計』の中のクライマックスと言えようか。「若い旅人とはまなす、そこには淡くくっきりとした叙情―水尾俳句の源流の一筋がここに存している」と、吉田一樹氏がその著書の中で述べている。ここがまさに観照一気の原点なのである。

青嵐裸婦像の背のもの忘る

昭和三十三年、十和田湖での作。高村光太郎作の彫像「乙女の像」を見つめて作った句である。この乙女像は、高村光太郎が最愛の妻・智恵子を失った後、晩年になって智恵子を思って作った彫像であるという。それは十和田湖の湖畔に、二体の裸婦像が睦み合うような姿で立てられている。その美しさが二十一歳の水尾先生を捉えたのである。「もの忘る」は裸婦像のことであり、作者自身のことでもあろう。十和田湖の青嵐に吹かれて立つ裸婦像は、自分自身の存在も周囲のことも、一切を忘れたかのように清らかな姿で立っていた。すべてを忘れ去った乙女の最高の美がそこに存在していたのである。若き日の出会いの感激が、「もの忘る」という表現に込められているように思う。作者自身も一切を忘れて乙女の像を見つめ、詩情を見出したのであろう。俳句という表現手段を持つ者は、そこに自らの感動を封じ込め、その一瞬を永遠のものとして形象化することができるのである。

筆者は、『青い時計』の青春の旅の句に浸るような思いの中でこの文章を書いている。

それでは、恋の句はどうであろうか。

スカートのひだあたたかく許されず

第六章「風は木の葉」より。昭和三十四年、水尾先生二十二歳のときの作品。暖かい春の日の二人。風のさざめくクローバーの野原が情景として想起される。二人だけの時間。寄り添い深まって行くお互いへの思いは、一線を越えようとして容易に越えることができない。スカートの襞は、男性としての作者の永遠の憧憬のごときものであろう。二人は若い。まだ若過ぎるのである。「許されず」とは、相手が許さないということだけではないであろう。また、二人を取り巻く状況や周囲の人々が許さないということでもないような気がする。何よりも、深い愛を秘めた自分自身の心が許さないのである。

恋は許されなければ燃え上がるものである。水尾先生は『青い時計』の中で、

自分が恋をしていると知った時は、すでに何等かの障害物にぶつかっているときではないだろうか。若者は誰しも、それに気づいた時、力のかぎり、それを乗りこえようとつとめる。それが愛というものだろう。世界はすべて新しく夢にあふれる。

と書いている。信頼と愛の心で結ばれた二人の思いは深まり、光ある未来へと前進して行く。かけがえのない青春の日のドラマが一句の中に形象化されている。

夜に入りて青みしレモン婚約期

人生の中で最も夢にあふれた一時期、それが婚約期であろう。愛し合う二人の前に未来がひらけているのである。夜という胸の高鳴る時を迎えて、レモンが青みがかって見えたという。「青みしレモン」とは何と美しくみずみずしい存在であろうか。この「青みしレモン」に、青春の日の喜びと若々しく清潔で穢れのない自分自身の存在とが、凝縮して象徴的に表現されているように思う。刃を入れるときのレモンの香のようにみずみずしい叙情表現である。

　　気のすむまで歩こう裸木の乱舞

「裸木」とは、冬になって葉をすべて落とし切った樹木のこと。木肌がむき出しになっている姿が目に浮かぶ。「歩こう」とは、自分自身に語りかけた言葉とも取れる。自分自身の心が充足するところまで歩いて歩いて詩情を見つけて行く、というのであろうか。しかし、ここでは「歩こう」は愛する女性に語りかける言葉のように感じられてならない。裸木の乱舞する林の道を二人で気の済むまで歩き、充足するまで語り合おうというのである。青春の日の愛の一刻がそのまま一句に結晶している。

　　夏潮や仮死の女の股冷やす

昭和三十四年の作品群の中程に連作「怒濤」が収められている。二十句から成る一連の作品は、中学三年生の夏に千葉・大貫海岸に遊んだときの体験が基になって生まれたと書かれている。掲出句はその中の代表的な一句。この句は異様な生々しさを帯び、登場する女性の肉感までもが迫って来るような気さえする。強いリアリズムが感じられる。
夏の海の怒濤が打ち寄せる砂浜に、半ば意識を失った若い女性が横たわっている。女は目をつむっていて動かない。動けない。半裸の美しい肢体は砂浜に投げ出され、なすがままになっている。その女性の太股の辺りに、夏潮が寄せてぶつかっては返して行くのである。「股冷やす」の見定めが読者に強いリアリティーを持って迫ってくる。「股冷やす」の「股」の表現がリアルなのである。モノクロ映画の一場面のような生々しい映像感が読者の心に残る。

外人沖へ泳げぬ女なれば抱く
陽の波に女からまれ泳ぐ沖
女抱かれ泳げり海蛇のみの沖
外人愛す泳ぎ疲れの女の瞳
沖暮れてふくらむ蟹の穴の闇

どれも生々しい映像感をともない、読む者に衝撃を与えずにはおかない。ここには作者独特の美的世界が構築されているのである。若々しい創造のエネルギーが生み出した、既存の俳句の概念を覆すような、イメージの勢いのある作品群である。俳句というものの表現力の可能性を大きく押し広げてみせたような二十句である。現代においても、十代二十代で名を知られるようになった作家は数多存在するが、こういう、俳句に対して挑戦状を突き付けたような作品を残した作家は他に類を見ない。

水飲んで図書館出でぬ青葉木菟

昭和三十四年の作。「上野図書館にて卒論をいそぐ」の前書きがある。水尾先生の卒論は「奥の細道の虚構の意味・特に地名による文学的結構について」であったという。青葉木菟の鳴く遅い時刻まで図書館で卒論に取り組んでいたのである。「コーヒーやソフトドリンクではないんだよ。『水飲んで』なのだよ」という先生の言葉を聞いたことがある。貧しさの中で熱く燃えた青春だったのである。「青春は闇からの脱出である」と水尾先生は生徒たちに言われていた。生活の詩としての一句と言えよう。

太陽に泥掌あげ稲刈り進む

昭和三十四年の作。今では見かけなくなった稲刈りの光景。厳しい労働の姿を描いていながら、何とも言えない郷愁を覚える作品。私の父も母も、このようにして稲刈りをしていた。「太陽に」の把握が一句に詩情をもたらしている。泥の手を上げながら厳しい労働を続ける郷土の人々を、作者はどのように思っていたのだろうか。田に働く郷土の人々への親しみと感謝。そして、自分もいつかこの人たちに負けない仕事をしようと決意していたのかも知れない。

わが胸に菊挿し放課後子等帰らず

第七章「新樹林立」より。昭和三十五年、水尾先生は埼玉大学を卒業し、加須西中学校に奉職した。掲出句は、新任教師となった水尾先生の新生活の一断面が見えるような句である。句集『谷川』の世界へとつづく、教師としての句である。水尾先生は句集の中で、この頃のことについて、

ある時一生徒が「先生、花火は上にあがりきってから、パカーンていうんね。」と、目をくるくるさせて叫んだ。なんと無邪気な発見だろうか。私は、世の中に子供がいなくならないかぎり、詩は永遠に存在するものであるとつくづく思った。

と書いている。生徒の心を愛し、生徒に愛される教師の姿がこの句から窺われる。放課後になっても生徒たちが水尾先生を囲んでたわむれていて、帰ろうとしないのである。「わが胸に菊挿し」の措辞に詩情が感じられる。教師にして俳人という人生が出発したのである。

雪を出て電柱雪の嶺を越す

第八章「雪の速力」より。昭和三十六年、水尾先生二十四歳の時の作品。句集の中で水尾先生は、

私は山が好きである。牛が好きである。ひまわりが好きである。与えられた人生をただひたすらに生きていきたい。四月、水明賞をうけた。

と書いている。教職に打ち込み俳句に打ち込む。エネルギッシュな情熱の人生を突き進んでいることが分かる。そして、二十四歳の若さで水明賞を受賞したのである。

掲出句は雪国へ旅に出ての作。多忙な教師生活の中で、寸暇を惜しんでの旅であったかも知れな

い。雪原の向こうに雪嶺がそびえている。万物を埋め尽くしている雪の中から、電柱がすっくと立ち上がっている。電柱にも雪が積もっている。電柱は送電線を伴い、次の電柱へとつづいている。そして遠く見はるかすと、電柱ははるか彼方まで連なり、雪嶺を越えてその向こうまでつづいているのである。雪国に発見した不思議な詩的な景である。写生に始まり、それを超えた観照眼の捉えた景である。あの雪嶺の向こうまで送電線はつづいていて、そこにも雪国の街や村があり、人々の生活があるのである。そう思うと心が少し温まる。

堕落したい雪の速力支える谷

前掲句と同じ雪国への旅で作られた句。雪原に山に谷に、雪がせつせつと降り積もって行く。雪はその速力を増したかと思うとまた弱まって、ちらほらと降るようになったりする。眼前には深い雪の谷が存在している。山に積もった雪が谷底へ崩れ落ちようとしているようにも見える。谷底へ雪が崩れ落ちるという想像は作者の心の内にある。しかし、そうならないように谷が支えているのである。また、降る雪も時々その勢いを弱めようとしている。それが「堕落したい雪の速力」である。しかし谷が支えてそれを許さず、降雪の速度は保たれているのである。

作者も人間も雪も、雪の谷に支えられて「堕落」を免れているかのようである。観照と写生の表現に主観と想像力とが加わって、確かな詩的世界を構築している句である。この句では、字余りによって定型のリズムが崩されている。また「堕落したい」というように口語表現が用いられている。そこに、既存の俳句観を打破しようという若々しい詩的エネルギーが感じられるのである。

恋失う眼か夕焼の雪の墓石

昭和三十六年の作。飯田龍太氏の目に留まって推奨された句と伺っている。雪国の雪晴れの日の夕焼け。雪原も山も夕焼けに染まり、一刻の輝きを放っている。作者は寺を訪れているのであろう。墓石はまだ新しく、雪の光と夕焼けの光とをその面にとどめている。そこに自分自身の真顔が映る。眼が映る。その瞬間、恋人を失うのではないかという直観的な不安に襲われたというのである。「夕焼の雪の墓石」は読む者に強烈なイメージを投げ掛ける。そのイメージと失恋の不安とが重なって、深い印象を与える句となっている。「夕焼の雪の墓石」が、失恋の不安を象徴するイメージとして読者に迫って来るのである。鮮烈な印象の一句である。

卒業のそのまっすぐな五つぼたん

昭和三十六年の作。『青い時計』の巻末近くに据えられた句である。「教員生活一年。卒業式の感動新た」と前書きがある。「五つぼたん」は生徒の学生服の釦のことであろう。卒業式当日、晴れて卒業を迎えた生徒たちの釦がまっすぐに並んでいるのである。いろいろなことがあり、問題を起こした生徒もいたが、今はまっすぐな心で未来を見つめて卒業して行こうとしている、というのである。このまっすぐな五つぼたんを見るために、一年間の心血を注いだ教師生活があったのである。卒業式のすべてがむくわれたような晴れ晴れとした教師としての心境が伝わって来る。生徒たちには、人生の苦難に負けずにまっすぐに生きて欲しいという願いも込められていよう。そして、作者である水尾先生自身も、自らの人生と俳句の道のまっすぐな坂を登って行こうと決意しているに違いない。

◇

『青い時計』は水尾先生の処女句集である。この稿を書き終えて、青い太陽のような青春のエネルギーが、観照一気の原点となる句を生み出していることを再認識することができた。二十四歳の処女句集は発刊後六十余年の歳月を経て、今なお強烈な光を放っているのである。

（平成二十七年六月）

②句集『谷川』を読む

昭和四十四年三月、加須西中学校の三学期の終業式が終り、私は「西中の軽井沢」と言われた一年五組の教室に別れを告げた。春の野道を歩いて帰る間、この一年間、落合水尾先生の担任する一年五組の生徒として過ごした日々のことが思い出された。充実した楽しい一年だった。一年五組が何とも名残惜しかった。もう一度先生のクラスへ戻ることはできないものかと思った。この時私は、いつか何らかの形で先生の下へ戻るような予感がしていた。俳誌「浮野」が創刊され、その会員となって先生の下へ戻って行く八年前のことであった。水尾先生には、その後高校一年までの四年間国語を教えていただいた。

落合水尾第二句集『谷川』は昭和四十五年三月に出版されている。私が中学二年生のときのことである。水尾先生は当時三十三歳、加須西中学校の国語科の教師であった。『谷川』には昭和三十八年から四十五年初めまでの作品が収められている。また、第一句集『青い時計』から抄出した句も三二句収められている。

師の長谷川秋子が序文を書いている。その中で、かな女は自分の子を産んだことのない女性であったので、いつも門下の誰かが娘であり息子であったように思う。そして、最も息子らしい息子が水尾さんであったように思う。と書いている。また、水尾さんと母かな女との出会いはまさに一期一会であったとも述べている。この句集には、師のかな女の水尾作品に対する評や、かな女の書簡も作品と共に収載されている。

◇

万緑に火をうち込みぬ登り窯

『谷川』の巻頭に据えられた句。益子での作品。万緑の緑と登り窯の炎の色彩とが鮮やかで、鮮烈な印象を与える。「火をうち込みぬ」の中七の動的表現が一句に強い迫力を与えている。下五を体言止めとして一句の形を整えており、作品として美事である。水尾先生の代表句の一つと言えるのではないだろうか。

『谷川』は、作者の人生に起こるドラマが生んだ豊かな句を収めた句集である。長谷川秋子は、この句集には四つの山場があると述べているが、それはどういうことであろうか。

菊の夜や天井占むる妻の影

言うことなくなりて菊の夜妻全部
渓紅葉真紅の妻の振りかえる

昭和三十八年、美佐子夫人との結婚に際しての句。「結婚・湯西川」と前書きがある。「幾多の悪条件を克服して、長いロマンスの果てに結ばれたのである」と序文にある。第一句集『青い時計』の恋愛時代の句〈スカートのひだあたたかく許されず〉につづく句である。

菊薫る季節「妻全部」は、新妻の存在が自分自身の心のすべてを占拠している状況を全身投影的に詠んでいて迫力がある。喜びを最大限に表現している。三句目では、美しい渓の紅葉に染まっているいとしい人の姿を「真紅の妻の振りかえる」と詠んでいる。みずみずしい叙情の迸りの感じられる句である。「真紅の妻」は、最愛の人の姿を鮮烈に印象づけている。青春讃歌の句として読む者に強い印象を与える。

その直後、作者は悲しい現実に直面する。

産まれながら死もて償い吾子かじかむ
吾子の死を埋むるに足らぬ家の菊

「長子死去。行雄と名付く。」の前書きがある。生まれたばかりの長子を亡くされたのである。悲しく痛ましい句である。「吾子かじかむ」に亡き子へのいとしさと悲しさが強く感じられる。「埋むるに足らぬ」に作者の心の虚しさが投影されているように思う。二句目は、句の形が整っていることとで一層の悲しみが感じられる。

妻手上げ寒風にシャツ叩き干す

作者よりも悲しみが大きかったに違いない夫人の姿を描いた句。いつまでも悲しみにとらわれている人ではなかった。寒風の中にシャツを叩き干す姿に、作者の心が熱くなったに違いない。生活の匂いのする句である。

吾子泣いて月下の塀に谺つくる
父として玩具屋の灯の秋に佇つ

昭和四十年十月二十二日、長女誕生。かな女先生と同じ誕生日と前書きにある。かな女の「か」の一字を貰って加世子と命名したと序文にある。「谺つくる」に命の息吹が感じられる。「玩具屋の灯」に、父となった喜びと自覚とが象徴されているようである。

一人娘雛に声をかけて寝る

日々成長していく愛娘と共に人生は過ぎて行く。お雛様に「お休みなさい」を言ってから寝に就く娘さん。その愛らしさ。雛の存在の美しさ。うるわしい一瞬を捉えて一句としている。人生のすばらしさを語りかけてくれるかのようである。

長欠生徒訪えば茄子より暗き笑い
生徒吐く沼に捨てたるドスの冷え
家出の道うそ寒む少女に椅子あらず

教師として直面する泥濘のような出来事を詠んだ句。「茄子より暗き笑い」が、長欠せざるを得なかった生徒の現実を物語っていよう。その生徒の「暗き笑い」に接して、作者自身も悲しい思いを共に味わったに違いない。

「長欠生徒」の句は同情を越えた、教師としての人間愛のにじみ出ている句である。

「椅子あらず」で、はたと胸を突かれて危く泪がこぼれそうになった。行く先の目的もなく家に帰る術も無くて彷徨している少女を描き出して、うそ寒は心の奥まで沁み入る。

と長谷川かな女は評を書いている。「うそ寒む」の季語の斡旋の的確さに打たれる。「椅子あらず」の象徴的表現の美事さは目を見張るばかりである。教師として生徒に関る諸問題に真っ向から立ち向かい、そこに詩情を見出している点に瞠目させられる。そこには教師としての深い人間愛が感じられる。

一球一魂炎天暗し水暗し

野球部の顧問としての句。一球一球に魂を込めてプレーし、練習する。しかし勝利の栄光は遠い。

それが「暗し」のリフレインの意味するところではないだろうか。

炎天下体後屈は勝利の帆

当時の加須西中は体育の研究指定を受けていて、全校生徒が柔軟体操に取り組んでいた。体後屈は、体を後ろに反らして両手を地面に着き体でアーチを作り、再び立ち上がるという運動。その時、生徒が白い帆のように見える。それは勝利の帆だ。柔軟体操の苦しさにうち勝って、自分の体がアーチを作るほどやわらかくなったということ。生徒たちが自らにうち勝って得た「勝利の帆」がそこにあると作者は感じたのだ。

卒業歌瞼とじれば暗かりし
卒業歌教師ふたたび教師にて

生徒と共にすべてを乗り越えて迎えた卒業式の日、「仰げば尊し」や「螢の光」を生徒たちと共に歌うとき、教師であるということをしみじみと実感する。涙も湧いて来よう。生徒たちは卒業して行き再び戻ってくることはないが、教師は三年生を卒業させると、また一年生の担任として一から教師生活が再スタートしていく。それが教師の宿命である。「教師ふたたび教師にて」に込められた感慨の深さに胸を打たれる句である。

冬川の底まで晴れて幣流る

冬晴。幣はものの穢れを祓い清める神事に使われる。川の上流の神社から白い幣が流れて来ている。澄んで水量の少なくなった冬の川に、幣の白い存在が鮮やかである。「底まで晴れて」の深い観照と把握に打たれる句。水の清らかさが胸に沁みる。

寒風の芯とならねば鷹飛ばず

猛禽の鷹が飛び立とうとする一瞬の緊張を描いた句。鳥の王者のような鷹は、寒風の激しさが極まったときでなければ飛ばないという。ここにも自然観照の深いまなざしが感じられる。見つめて見つめて、見定めて表現する呼吸が感じられる。

水尾先生は昭和四十一年に、谷川岳山麓の相沢静思先生の別荘をお借りして林間俳句学校を開設している。谷川岳山麓俳句大会につながる指導の場を設け、そこで自らも代表句を生み出している。

青空が草になるほど寝て虫聴く
朴の葉に山の大霧掬いきれず

谷川の大自然の中に身を置いてしずかにじっとものを見つめ、深く感じて一句を成している。「青空が草になるほど」に、一句を生むまでに要する観照の長さ深さが現れていよう。

山国の胸にて凍る湯手拭
雪しずか鏡に銃を向けしごと

昭和四十四年、雪の谷川での作。谷川の自然との対話、自然と自己との交感。自然の力の崇高さを描き取った句である。谷川の雪のしずけさ。静寂の持つ張りつめた緊迫感を「鏡に銃を向けしごと」という直喩法によって描いている。比喩は意外性とリアリティーを合わせ持っていなければ成功しないが、この句の比喩はその条件を満たしている。鏡に向けた銃が発射されれば、鏡は大音響と共に微塵に砕ける。谷川の雪の夜のしずけさは、それほど壊れ易く張りつめたものなのであろう。作者の研ぎ澄まされた詩的感性に共感させられる。

坂無月一片の訃に緊められて
竜胆を集めし通夜のしずかな水
身にしむや通夜の已れを柱に掛け

昭和四十四年九月二十二日払暁、長谷川かな女逝去。生涯の師と仰いだかな女先生が亡くなってしまう。最も悲しむべき出来事に水尾先生は直面した。「已れを柱に掛け」に、自らが磔刑に処されたような苦痛と悲しみが感じられる。「無月」の虚しさ悲しさ。かな女先生の好きだった竜胆の花がいっぱいに集められていたのであろう。通夜のしずけさが作者の心を締め付けて行く。

かな女亡きあとの十五夜十三夜

十五夜の美しさ、十三夜の少し寂れた美しさ。それをかな女先生と共に仰ぐことは金輪際叶わないのである。秋の月の静かな美しさが、作者の悲しみを一層際立たせているかのようである。月の面にかな女先生の温顔を感じているのであろうか。美しく悲しい句である。

雪に雪一期一会の湖に雪

昭和四十五年一月、水尾先生は雪国への旅に出ている。かな女先生を亡くした悲しみから自らを立て直し、新たに出発して行くための旅だったのかも知れない。「一期一会」は、かな女先生との出会いをふり返って詠んだものなのであろうか。

この一句を以て句集『谷川』は終っている。このとき水尾先生の胸の内には、自らの未来にかける思いが、俳句への情熱が渦巻いていたにちがいない。

（平成二十五年二月）

③句集『澪標』を読む

落合水尾第三句集『澪標』は、昭和五十五年五月五日に出版されている。「浮野」が創刊されて三年目のことである。私はその時、二十四歳であった。教師となって二年目を迎えていたが、『澪標』の句のすばらしさに深い感銘を受け、俳句を作り続けて行く決意を新たにしたことを思い出す。

七月に林間学校があり、生徒たちと共に会津磐梯山に登った。山頂からの眺めは爽快であった。その余勢を駆って、八月に久喜中学校の親しい先生方と宝剣岳を越えて木曾駒ヶ岳に登った。重いリュックを背負って、初めて三〇〇〇メートル級の山の頂上に立った。雲海の中に沈む夕日が美しかった。山小屋の空気は冷たく震えるほどであったが、夜の星空のすばらしさにも心を打たれた。

山巓の銀河明りに腕時計　浮堂

この時、頭の中には句集『澪標』のことがあった。八月の出版祝賀会で『澪標』についての研究発表をすることになっていたのである。俳句を作り始めて日が浅かった私に、句集『澪標』はまさに駒ヶ岳のように高くそびえていた。

山を降りて、伸びほうだいになっていた髭を剃って、その日を迎えた。句集『澪標』の出版祝賀会は八月十七日、東京駅鉄道会館ルビーホールに於て、句友一一〇名余りの出席の下に盛大に開催された。原裕（「鹿火屋」主宰）、星野紗一（「水明」主宰）、青木泰夫（「波」主宰）、小室善弘、草間時彦（俳人協会理事長）等の俳人の他に、詩人の宮澤章二、『澪標』の題簽の揮毫をお願いした禅僧の松原泰道老師等を来賓としてお招きしての会であった。「浮野」が創刊されて初めての大きな出版祝賀会であり、出席者は大きな喜びにつつまれた。

その時、どんな研究発表をしたかよく覚えていないが、『澪標』の俳句は意外性と有季定型の格調高い響きとが車の両輪のような役割をして優れた芸術性を備えたものとなっている、というような内容であったかと思う。意外性には表現の工夫によって生まれる意外性、物を見る視点によって生まれる意外性、省略の極致により感動の核だけを表現することによって生まれる意外性の三つがあるというようなことを述べたように記憶している。俳人協会理事長の草間時彦氏が感銘句として、

夜に入りし雲の往き来や風知草

を挙げられ、このようなすばらしい句集をどんどん出版して欲しい、水尾先生には「浮野」で優れた新人を育成して欲しい、とご挨拶されたのが心に残っている。

句集『澪標』には、昭和四十五年から五十五年までの作品、四七七句が収められている。水尾先

生が三十四歳から四十三歳までの句を収めた句集である。水尾先生は昭和四十六年に加須西中学校から県立不動岡高校に転勤し、不動岡高校で国語科の教師をしていた。

『澪標』には自序の他に、相沢静思先生、角田紫陽先生の跋文がある。角田紫陽先生は、水尾先生の作品は「自然詩」としての俳句の流れと「人生詩」としての俳句の流れのうちの、どちらかと言えば「人生詩」の俳句の流れを汲んでいると述べ、特色として、智的であること、切れ味がよいこと、意外性があること、センスがあること、ロマンがあること、想像性があること、掘り下げが深く厳しい表現力があること等を挙げている。

◇

今日改めて句集『澪標』を一読してみると、水尾先生の作風が『谷川』と比べて少し変化していることに気づく。まず、字余りの句がほとんどなくなったこと、全編を五七五の格調高い響きが貫いていることに気づく。また、作品の内容も今までの前衛的な傾向が息を潜め、伝統俳句の領域に踏み込んで来たことがよく分かる。まさに観照一気の「浮野」の俳句のお手本として、私たちが仰ぎ目差すべき境地が表現されていたように感じられる。

行く春の門燈のうすほこりかな
滝壺に落ちし月光湧きのぼる

昭和四十五年の作品。「門燈のうすほこり」からは大きな邸のたたずまいが感じられる。「うすほこり」の存在をしっかりと見つめ、「行く春」という季節の移ろいの中にそれを描きとめて印象深い作品としている。確かな写生眼の感じられる情趣豊かな句である。切字「かな」を用いて格調高い句としており、伝統俳句の本道を突き進もうとする傾向をここからも伺い知ることができる。「滝壺」の句の激しさ美しさはどうであろうか。水の滾る滝壺に月光が射して、その滝壺から湧き上がって立ち昇っているように見えるという。自然美の極致を一瞬にして掬い取った句で、光につつまれるような読後感を受ける。美の極致が俳句の中に定着されていて、読む者の心に突き刺さってくる。

青空に声あらはれて雪卸す

昭和四十六年の作。この句には不思議な立体感がある。この句について平畑静塔氏は、

これが集中でたった一つ選べと命ぜられた時には出すべきものである。「枯野」の作風である立体ということ。これは何も空間の立体だけではない。心理空間の立体のことだろう。この句には視空間と心理空間の二面が立体として把握されている。いや、時空間が、その基本になっている。宗教画のような画面であって同時に人間の生きざま、雪国の時間がかっちりと直観され把握され表現されているのである。

と述べている。雪国の生活の様を、その核心を一瞬にして描き取った句である。

汽車曲り曲り飛雪を募らする

この句も景の切り取り方が誠に美事である。雪原を行く長い列車が線路に沿って曲り、飛雪を募らせているという。列車の上に積もった雪が、曲るときに飛雪となるのである。雪国を行く旅の孤独とロマン。列車の窓から雪原を眺めている作者の心の弾みが伝わってくるかのようである。

恋しくば師の帯に飛べかたつむり

かな女先生の後を継いで「水明」主宰となった秋子先生。その先生への思いが一句に結晶している。才能と美貌に恵まれた若き女流俳人・長谷川秋子は、俳壇の注目の的であったという。水尾先生の、秋子先生への敬慕と思慕の情が伝わってくる句である。

雪渓を来しわが影も一墓標
きつね雨谷の若葉の喝采に

谷川岳での句。自らの影を墓標と感じる、その詩ごころの深さに打たれる。山で亡くなった人を悼む思いが心にあって、自らの影を墓標と感じたのであろう。句の形のよさ、格調の高さにも惹かれる。「きつね雨」の句では、山の天気の不思議を感じさせられる。空は明るく晴れていながら、大粒の雨がぱらぱらと落ちてくる。その不思議を「きつね雨」という言葉で表現している。「狐に化かされる」と言うがまさにそんな感じである。そしてその雨の音は、谷の若葉が拍手をしているような音であるという。「喝采」は大胆な表現でありながら何ともリアルであり臨場感がある。

藍一途水着の妻を海に貸す

藍色の水着の妻。その美しい肢体を「海に貸す」という。「藍一途」という大胆で切れ味の鋭い表現が詩情を生んでいる。ここにも真夏の大いなるロマンが感じられる。海の持つ大いなる母性を思う。

汽車走るかぎり平らや梨の花

昭和四十七年の作。この辺りの平野の景。晩春の頃、列車に乗ると鷲宮、久喜、白岡の辺りの車窓は梨の花で占められる。その白の美しさ。梨棚は平らかに広がり、日を受けて輝く。どこまでも広がっているような梨棚の風景である。「汽車走るかぎり平ら」の把握が美事であり、深く共感させられてしまう。

梨の花二駅先の濡れゐたり

これは昭和五十二年の作品であるが、同じように美しい。「濡れゐたり」に春の情感が深く感じられて何とも麗しい。

てのひらのむらさきのとき雁の空

「てのひらのむらさき」は夕空のむらさきであり、雁を包む空間全体のむらさきであろう。紫という色の魅力。秋の深まりと雁の空の美しさが、しみじみと染みてくる句である。季感の深さに打たれる。

年賀状覚悟の二字のただならず

昭和四十八年、その年の正月に秋子先生からいただだいた年賀状に「覚悟を」という言葉があったというお話を伺ったことがある。「覚悟」の二字は、年賀状に書き添える言葉としては異例であろう。そう書かざるを得ない何かが、不吉な予感が秋子先生の側にあったに違いない。まさに、覚悟を決めて生きなければならない状況が迫って来ようとしていたのである。

早梅をのぼれり喉の明るき死
早梅やつま先そろへ逝き給ふ
みまかりし師の紅唇の底冷や

昭和四十八年二月二日、美貌と才気の女流俳人・長谷川秋子は、喘息の発作のためこの世を去った。折しも浅間山の噴火灰が白く降る日、早梅が白く咲き初めていた日であったという。享年四十七。惜しみて余りある夭折であった。心から敬愛し思慕する秋子先生を失った水尾先生の悲しみは、いかばかりであったろうか。その頃私は高校二年生であり、水尾先生の身の上にそのような悲しい出来事があったなどとは少しも知らず、作文の宿題が出なければいいのにと、そんなことを考えて過ごしていた。
「喉の明るき」には、喘息で苦しんで亡くなったことへの思いが込められていようか。苦痛から解放された亡骸への悲しい思いが感じられる。「つま先そろへ」には、最後まで端正であった師の姿への愛惜と慟哭が感じられる。「紅唇」は死後も美しいその姿を描いていて、いっそう痛々しい思いにさせられる。

きさらぎの野に人形の棄ててあり

捨てられた人形の哀れな姿。人形は朽ちることもなく、二月の吹きさらしの野にうち捨てられているのである。その悲しい姿は、師を失った水尾先生の心象の投影されたものであろう。痛々しい句である。

浜焚火愁絶の眼に棒をさす

これは翌年の昭和四十九年の作であるが、やはり秋子先生を失った虚脱感とやるせない思いに占められた一句である。浜は、秋子先生の故郷の若狭の日本海の浜辺であろうか。愁絶の思いの目の中に一本の棒が刺された。焚火の中に刺された棒であろうが、それは、水尾先生のどうしようもない悲しみの心に突き刺さった棒でもあったろう。「愁絶の眼」は胸に迫る表現である。

己が影拾ひ立ち去る磯菜摘

「磯菜摘」は春の季語。海辺の女性たちが、籠を持って磯辺に生えている石蓴(あおさ)などの海藻を摘むことをいう。磯菜摘は、自分の影を拾うかのようであるという。そう言われてみると、そういう景がありありと目に浮かぶ。「影拾ひ」に、その労働の孤独とみちのくの海辺のものさびしさが感じられる。

忘年や蕾のごとき燭を上ぐ

忘年。年忘れ。昭和四十八年は秋子先生の亡くなった悲しい一年であった。その年の最後に、燭の火が蕾のように感じられたという。「蕾のごとき」と言われてみると不思議な感じがする。蕾から花が咲き出でむとするような、新しい希望を見つけたような思いが汲み取れないだろうか。幽かな希望の光が見えて来るような句である。新しい年への期待感であろうか。水尾先生の胸の内にはすでに「浮野」創刊の希望の灯がともっていたのではないだろうか。

一呼吸ついて雛の舞ひ出さむ

端整な雛は動かないが、舞い出すのではないかという想像は心を豊かにしてくれる。「一呼吸ついて」が絶妙である。ふっと息をついて舞い出そうとする雛の姿がありありと見えてくる。美しいものをより美しくしてくれる想像力が心を打つ。

しやぼん玉少女の額濡れにけり

しゃぼん玉が弾けて少女の額が濡れたという。その情感の濃さに惹かれる。対象を深く見つめてそこに詩情を見出してゆく、観照一気の呼吸がここに感じられる。

夏帽子通過列車に射落とさる

列車が通過したときの強い風に煽られて、まるで射られたかのように吹き飛ばされる夏帽子。一瞬のうちに見定めて詩情を射止めたかのような一句。常に心を張りつめてものを見ていなければ作れない句である。

一の網二の網鮭の乱反射

昭和五十年の作。鮭漁の様子を詠んだ句である。網いっぱいに何百もの鮭がかかっている。鮭が、引き上げられようとする網の中で動き跳ね上がっている。その様子を「乱反射」という一語によって、一切を省略した形で描き取っているのである。「一の網二の網」の表現も、名詞を連ねただけで一切を読者に委ねている。鮭の体の輝きが目の前にクローズアップされてくるかのような、臨場感のある読後感を覚える句である。鮭漁の一場面がいきいきとダイナミックに読む者の心に迫ってくる。

旧年の山新年の川の音

ふと飯田龍太の〈一月の川一月の谷の中〉を想起させられる。一句が一つの対句をなしていて言葉が形よく収まっている。去年今年の、年が移るときの淑気のようなものが対句表現によって新鮮さをもって描き出されている。どっしりとした静かで暗い山には去って行った旧年が感じられ、瀬音をたてて明るく流れる川には新年が感じられるという。その感性の確かさに深く共感させられる。

　大文字仰げど天の字とならず

大文字の「大」の字が「天」の字となるはずがないのは当然のことだが、そういう作者の認識を突き付けられてみると、「大」の字が「天」の字にならないのが不思議に思えてくる。「天」の字になった大文字の火を誰もが想像し、作者独特の詩的世界に引き込まれて行くのである。

　お水取三月堂は闇の中

お水取は奈良東大寺の二月の行事である。その夜二月堂は炎でいっぱいになり、人々の目の中に大きく浮かび上がるが、三月堂は闇の中にひっそりと存在しているというのである。誰もが二月堂に注目する中で、闇の中にある三月堂に心を向けて、そこに詩を見出しているのである。その着眼が美事である。誰にも真似のできない、独特の詩的把握力が存在していることが分かる。それも、じっとものを見つめようとする中で見えてきたものなのであろう。

　ひらきたる掌に何もなくあたたかし
　父逝きて母に日脚ののびにけり

昭和五十二年二月、水尾先生はご父君を亡くされている。「ひらきたる掌」は父君のてのひらのことであろう。その手には何もなく、ただ父としてのあたたかさだけが感じられたというのである。悲しさと虚しさが「何もなく」で表現されているが、「あたたかし」には、あたたかくありがたい父であったことへの感謝の思いが感じられる。未亡人となり、ひとり残された母君。「日脚ののびにけり」は一つの救いのようでもあり、悲しい日永のやるせなさを詠ったようにも感じられる。

白狐ともならず月下の湯手拭

昭和五十二年秋の句。谷川岳山麓の湯宿での作であろうか。手拭が白狐になるという発想は、山の自然の静寂と神秘がもたらしたものである。山の満月の下、白狐となって走り出そうとする手拭には、読者を不思議な世界へと誘って行く魔力のようなものが感じられ、深く心を惹かれる。山の神から授かったような一句である。

遠くより湧きて近くのちちろ虫

遠くにも近くにもこおろぎが鳴いているのである。しかし、詩を求めて心を研ぎ澄ます作者には、遠くに湧いたこおろぎの声が、次の瞬間には間近から湧き起こったように感じられたのである。秋の空気も心も澄んでいるのである。鏡のように澄んだ心で耳を澄ましていなければ捉えられない詩がそこにある。全身で詩情を感じようとする観照の力が捉えた、山の清水のしずくのような美しくくっきりとした一句である。

石仏を熱しと雪の囲ひけり

雪に囲まれた石仏。石仏のまわりだけ雪が解けて、まるく地面が露出している。その実景をありありと描きながら、そこに石仏の熱さを感じている句。石仏が熱いわけではないが、石仏のまわりだけ雪が積もらず土が露出している様は、石仏が熱いという作者の見方を読者が受け入れるのに十分なリアリティーを感じさせる。そのリアルさがこの句の魅力である。

森五月裸像妊ることもなし

「裸像」は裸婦像のことであろう。その彫像が妊るのではないかという。「妊ることもなし」と否定する表現の中には、むしろ妊ることを鮮明にイメージさせる働きがある。そういう詩的表現のつぼを心得た句である。五月の生命感にあふれた森の景が、その生命の精髄が、裸像を妊らせるという詩を作らせたのである。

秋風や絶壁にさしかかりたる

昭和五十三年、私が大学生のときにさざなみ句会で作られた句である。私は教員採用試験を間近に控えて、何かと落ち着かない時期であった。水尾先生がこの句を示して「浮堂さん、人生の絶壁にさしかかっているね」と言われたのを覚えている。絶壁は実景としての絶壁ばかりではない。何かに追いつめられた心理的な意味での絶壁もある。「秋風や」の詠嘆がいい。絶壁の危機には、秋風のものさびしさと緊張感がふさわしい。

遠花火しづくのごとき音のして

「しづくのごとき音」の比喩が絶妙である。爆発音を伴う花火も遠くからみれば、その音は水のしずくの音のようであるという。火の塊である花火を水のしずくに喩えた意外性と、遠花火の様をありありとイメージさせるリアリズムが、この直喩表現の魅力である。遠花火の音が耳元に聞こえてくるようである。

赤とんぼ風の折れ目にとまりをり

萍に棹を送りてさしもどす

共によく見て描き取っている句である。空中に翅を震わせて、一瞬宙に止まるようにして向きを変えようとする赤とんぼの姿。それはまさに、風の折れ目に止まっているという表現がふさわしいと納得させられてしまう。自然の真と文芸上の真とが一致したところに表現の定着を見ている句である。「萍に」の句は、スローモーションの映像を見るようなリアリティーの感じられる不思議な句である。棹に付く萍の様子、船頭の操る竹棹から水のしたたる様子などがありありと想起される。映像感の豊かさが読む者を引き込んで行く。

一本の雛より抜く紐もなし

雛からは抜く紐がない。もし抜く紐があれば雛の美しい衣は剝ぎ取られ、なまめかしい姿が現れるかもしれない。そういう想像性が読者を楽しませてくれる。エロチシズムのただよう句でありながら、決して羽目を外してはいない。句の姿はあくまでも端正である。

雛の目に薄紙かけて納めけり

雛納めの句。雛の目はいつでもぱっちりと、きらりと見開かれたままである。怖いくらい美しい。雛を納めるに当って、その目を大切に薄紙に包んで箱に仕舞ったという句である。雛の美しさに対するいとおしみと恐れが「薄紙かけて」に込められている。作者の心の温かみが伝わって来るようである。闇に納められた雛のきらりとした目が読む者の心に残る。

夕焼けて還らざるもの天にあり

夕焼けの空は鮮やかに燃え、この世を離れたもののような印象を与える。十万億土のようだと詠んだ山口誓子の句もあるが、作者はそこに、失ってしまった人々への思いを込める。思いを込めて天を仰ぐ。亡くなって行ったかな女先生や秋子先生や大切な人がそこに居るのだと。それが「還らざるもの天にあり」の詠嘆である。「天にあり」の下五は力強く、一句を格調高いものとしている。

月幾夜葡萄にしづく生まれけり

さびさびとした月光を浴びて大粒の葡萄が実って行く。葡萄の表面は少し曇っていて、そして濡れている。「しづく生まれけり」に葡萄の生命感と存在感が表現されている。月光の夜を重ねて、月光の力によって葡萄に命が吹き込まれていくかのようである。月光の美しさと葡萄のみずみずしさが迫って来るかのような印象である。ものの存在をありありとリアルに描き出す観照一気の俳句である。

天平の雪あたたかき畝のあと

『谷川』の掉尾の句も雪の句であったが、『澪標』をしめくくる句も雪の句である。天平といういにしえに思いを馳せて、その雪に埋もれた畝の跡を静かに描こうとしている。「畝のあと」がいにしえ人の生活の様子を想起させて、懐かしさと親しさをしみじみと感じさせてくれる。温かい句である。

◇

句集『澪標』は、「浮野」を創刊した落合水尾先生が、船の通行の水先案内をする「みおつくし」のように、私たち「浮野」の会員に、進むべき俳句の道を明らかに示す句集として世に問うたもののように感じられてならない。芭蕉以来の伝統俳句の本道を進みはじめた落合水尾先生の渾身の気魄をこの句集に感じるのは、私だけではないであろう。

（平成二十五年五月）

④句集『平野』を読む

落合水尾第四句集『平野』は、第三句集『澪標』出版の二年後の昭和五十七年に出版されている。句集を出版する場合、前回の句集以後の作品をまとめるのが一般的であるが、『平野』は単純に『澪標』以後の作品を収めた句集ではない。題名の『平野』が示すように、自らの郷土、北埼玉の平野の風光に材を取った句だけを今までの作品の中から選りすぐり、それらにさらに最新の作品を加えて、四季別に分けて収めた句集である。従って『平野』には、処女句集『青い時計』や『谷川』『澪標』に収めた句も収められている。『平野』には春の句八八句、夏の句七五句、秋の句一〇四句、冬の句一一六句の計三八三句が収められている。

序文（自序）では、郷土北埼玉の四季の風物やその文学的風土について詳しく述べ、さらに自らが俳句に打ち込むようになる経緯や俳句観についても述べている。それによると、水尾先生は中学生の頃から文学に対する関心が高まり、自ら小説を書いたり、詩、俳句等を作ったりしていたという。それを俳句一本に絞ったのは高校二年のとき、山中諭吉先生（礼羽中学校長）の自宅を訪れた折に、先生から俳句の魅力について伺ったのがきっかけであるとのことである。

その後、角田紫陽、岡安迷子両先生より「ホトトギス」系の写生句の基本を学んだこと、埼玉大学進学後は長谷川かな女先生に師事し、長谷川零余子の提唱した立体俳句や写生の深化と発想の自由性について学んだこと、さらに長谷川秋子先生からは人生諷詠の叙情句の魅力について学んだこと等が書かれている。そして母校の加須西中学校、不動岡高等学校で教鞭を執りながら俳句を作るうち、郷土の風光をより親しく観る機会を持つようになり、郷土に材を取った作品を集めた句集『平野』を出版することになったと述べている。序文は「観照一気（自然観照の徹底による立体的感興を気とする平明切実なる写生句）の道程に、この平野の俳句を確かめたいと思うのである」と結ばれている。

句集『平野』は、平板な平野の景に立体的感興を求めた句集であると言えよう。心に残る作品について書いてみようと思う。

◇

棒持つてひろがる野火に対しけり

昭和二十九年の作品。水尾先生はまだ十七歳の高校生であったはずである。点火された野火は燎原の火となって一気に燃え広がろうとしている。それに対して人は一本の棒で対応しようとしている。野焼という早春の郷土の風物が、棒一本を登場させることで印象深くくっきりと描き取られている。十七歳の作とは思えないような完成された姿をこの一句は示している。写生の目の確かさが窺える。

牛に鞭あてるにあらず長閑なり

昭和三十年の作品。作者は十八歳。この頃の加須は農業が盛んで、牛を使って田畑を耕していたのである。牛を操る農村のその人は、牛を厳しく鞭打つのではなく、牛をあやし牛をいとおしみ、牛と語り合うようにしながら農耕に励んでいるのである。「長閑なり」が平野の平穏な日々を物語るかのようである。「あてるにあらず」の中七の表現が、牛を鞭打つ様をイメージさせながら、それを否定することで読者に一つのインパクトを与え、詩を成立させている。

藤咲いて樹齢を天にみなぎらす

昭和五十二年の作。樹齢を重ねた古木の藤が咲いている。幹は黒く太く大きく捻れている。藤棚は大きく平らかに広がり、藤房が五月の風に揺れて甘い香りを放っている。藤棚の下は小暗がりになっていて、蜂や虻の羽音が聞こえてくる。古木の藤がいっぱいに花房を垂れている様子を、作者は「樹齢を天にみなぎらす」と表現して、作品に立体感をつけている。「みなぎらす」が古木の力を象徴するようで力強い。この句は騎西の玉敷神社の藤を詠んだものと思われる。

白蓮の影も万朶の石だたみ

咲き盛っている白木蓮。白い花の集まりが天蓋のように一木を覆っている。その万朶と咲き誇る花影が淡く石畳に落ちている。声調がよく、形の整った句である。「石だたみ」の体言止めが力強く、大きな白木蓮の老樹とその光と影とを強く印象づけている。不動尊總願寺での俳句大会の折の句と記憶している。

涅槃図の無辺世界に布の皺

涅槃図は釈尊が沙羅双樹の下で入滅したとき、弟子たちをはじめ菩薩、天竜、鳥獣たちや鬼畜に至るまでが泣き悲しむ様を描いた一枚の絵である。旧暦二月十五日の涅槃会のときに寺院に掲げられる。その涅槃図の中は奥深く広がっていて、広大で果てしない様子であるという。それが「無辺世界」である。絵の中の空間は果てしなく、どこまでも釈尊入滅の悲しみに覆われている。涅槃図の空間の中に作者も思わず引き込まれたのである。そこは静寂な太古の悲しみの世界である。「無辺世界」の一語が一句を雄大なものとしている。

しかし、作者はその涅槃図の描かれている布に皺があることを発見した。そしてはたと、自らの立っている現実の世界に意識を戻したというのである。いにしえの世界へのロマンの感じられる、気の雄大な一句である。句の形も堂々としていて揺るぎがない。

早春の野に決潰の碑を残す

戦後間もない頃、台風によって利根川の堤防が決潰し、埼玉から東京にかけての広い地域が洪水に見舞われるという出来事があった。堤防の切れた地点には、今も決潰の跡を示す石碑が立っている。郷土を襲った大きな災害の悲劇の爪跡が、今もそこに残っているのである。利根川に沿って、利根川と共に存在する郷土。そこを愛し、いとおしむ心から生まれた一句である。郷土の人々の悲しい記憶に対する一つの挨拶ごころが感じられる。

野を行きて春月に突き当るかな

春の月。おそらく満月であろう。野に出て歩くと大きな春の月が真正面にある。野末を離れた、今まさに昇って行こうとする月である。「突き当るかな」の詠嘆が、野の月に正対したときの実感をリアルに表現している。その時の作者の感動が読者に直に伝わってくる表現である。野に出たまん丸の大きな春の月。これこそ郷土の平野の景そのものである。

武蔵野の北にれんげ田二三枚

作者の住んでいる加須市は、まさに武蔵野の北に位置する。その野の広がりの中に、れんげ草の咲き盛る田が二、三枚あるという。何も述べず、叙述を省略して体言のみを提示したこの句も、観照一気の骨法を示すものである。体言のみの表現で、美しいれんげ田の点在する北埼玉の野の景が目の前にひらけてくる。なつかしく美しい郷土の風光が描かれている。

羽抜鳥首つん出して逃げにけり

昭和三十一年の作品。作者は十九歳の大学生。水尾先生の老成ぶりを強く感じさせる句である。「羽抜鳥」は羽の抜け代る時期（夏）の鳥のことで、この句の場合は鶏を指すものと思われる。羽の抜けた鳥の姿は何となく見すぼらしく哀れである。その様子を「首つん出して」という中七の表現によって的確に捉えている。羽抜鳥の特徴を一点で捉えて、その滑稽な感じまでも描き出している。十九歳の作者の、ものを見る目の確かさに打たれる句である。羽抜鳥だけを描いた一物仕立ての句として味わい深い。

手花火の消えたるあともなほかざす

「手花火」は線香花火のような簡単な仕掛けの花火のことである。花火は目の前に閃光を放って、たちまちに消えて行く。線香花火であれば、最後に残った雫のような芯の火の塊から閃光が小さく飛び散り、ついには消えて、その芯の火の塊もぽとりと地面に落ちて終りとなる。そんな手花火の光景がありありと目に浮かぶ。「なほかざす」が手花火の終る瞬間と、それを惜しむ心の切なさをしっかりと描き切っている。観照一気のまなざしの深さを感じさせられる。

かきつばた恋といふ字をうち重ね

杜若の花が「恋」という字に見えるという句。そう言われてみるとそんな気がして来るから不思議である。常人の平凡なまなざしでは、決してこのような発見をすることはできない。常凡を超えた深い詩心が捉えた発見である。杜若は美しく、そこに恋を感じるというのにも共感させられる。「うち重ね」の下五が艶めいていて何とも狂おしい。ロマンチシズムの艶冶なほとばしりを感じさせる句である。

力泳のあとの余力をかへすなり

競泳の終った後の泳者の姿を捉えた句。今、力いっぱい泳ぎ終えた泳者が、その後ゆったりとゆっくりとまた泳ぎ出したのである。その時その一刻だけが持つ独特の光景を鋭く切り取っている句である。対象をよく観て、その中にある詩のエッセンスだけを取り出して見せる、観照一気の俳句である。

土手下りて水の見えざる草いきれ

坂東太郎・大利根の流れが目の前にあるはずなのに、それが見えて来ない不思議。土手の上から見えた大きな川面が、土手を降りて川面に近づこうとしたとき突然見えなくなってしまった。読者はその意外性に打たれる。河原一面に繁茂した夏草が視界を遮ってしまっているのである。草いきれの息づまるような空気と河原の夏草の盛んな命の勢いとが、胸に迫ってくるかのようである。実際に利根川の河原に立ってみなければ作れない句であり、詩情を求めて張りつめた心でものを見ていなければ作れない句である。草いきれの激しさが心に残る。

よしきりや沈みたる日のなほ沈む

よしきりはウグイス科の夏鳥。その鳴き声から行々子とも言われる。夏、湖沼や河畔の葦の茂る間に巣を作る。その葭切の声が聞こえ、影が見えて来る句である。生い茂る葦の間に、真っ赤な夏の夕日が沈んで行こうとしている。夏至の頃であろうか。夕日は赤く燃えながらゆっくりと沈んで行く。「沈みたる日のなほ沈む」が、そんな夏の落日の様子を印象深く描き出している。葦の中に沈んで行く夕日が、一呼吸おいてまた深々と沈んで行くのである。映像感の鮮やかな、動的で雄渾な句である。

荒神輿行きつ戻りつなほ戻る

昭和五十六年の作。夏祭の最中の景。神輿を担ぎ練り歩く人々の熱気や掛け声がはみ出して来そうな句である。「行きつ戻りつなほ戻る」の描写が祭の迫力を遺憾なく描き出し、強いインパクトで迫って来る。郷土加須の夏祭の景である。

今年また火の見の下に秋桜

昭和三十年、水尾先生がまだ高校生の頃の作品である。「火の見」は、今では見かけなくなった火の見櫓のことである。今年もまたあの火の見櫓の下に、いっぱいにコスモスが咲いている。それを写生句に仕上げた。火の見にぽつんと点いた灯りは幼少の頃の憂愁をかきたてるものだった、と作者は序文の中に書いている。火の見櫓に対する特別な思いがあったのであろう。「今年また」の措辞が、ものをよく見て印象深く味わおうとしている作者の心のあり様を物語っている。火の見櫓の下にコスモスの咲き盛る景は、ノスタルジーを誘う一編の絵画のようで心に沁みる。

コスモスの光りの中の十五歳

昭和四十二年の作で、水尾先生は三十歳。加須西中学校の教師となって何年も経たない頃の作品である。コスモスの光の中に耀いて存在するのは、十五歳の少年か少女か。「十五歳」は、教師として日々慈しみ愛を注ぐ生徒の存在を象徴するものである。純で輝かしい生徒の存在をコスモスの光の中に感じるということは、教師として誠に幸せなことである。十五歳を讃美し、そこに詩情を見出している句。素直で明るく叙情味のある句で、作者の胸の内の若々しさが作品からほとばしるかのようである。

荒縄を萩にまはして二ヶくくり

昭和五十二年の作。荒縄を萩にめぐらせるのは、縄をかけて縛った上で、枯れてきた萩を刈り取るためである。作者はその様子をじっと眺めている。そしてそれを、省略を利かせてこのように詠んだのである。物事の全体を描くのではなく、最も肝要な部分のみを素朴に描き取るのも、俳句作りの骨法の一つであると教えられる。荒縄の存在感、手ざわりまでもが伝わってくるようなリアリティーに富んだ句である。

夕雲忌野菊供へし娘も逝きぬ

「夕雲忌」は、田山花袋の小説『田舎教師』の主人公・林清三のモデルとなった小林秀三の忌日である。小林秀三の墓は羽生市の建福寺にある。その墓に野菊を供えたのは、秀三の教え子の大越もん（旧姓田口・作中では田原ひで子）さんである。病のために志半ばで世を去った小学校教師、小林秀三を慕って野菊を供えた教え子の存在は、それが女性であるだけに一層美しく胸を打つ。

小説『田舎教師』は、羽生市を中心とする北埼玉が舞台となっており、作者・花袋の自然描写の細やかさが特に印象に残る。『田舎教師』は郷土の文学的風土を代表するものであり、そういう郷土の文学的風土に対する存問としてこの句は成立している。叙情味豊かな美しい句である。

ひととせのめぐりて水の澄みにけり

昭和五十三年の作。「浮野」が創刊されて一年が経ったことを記念して作られた句と記憶している。「ひととせのめぐりて」は、「浮野」発刊に取り組み力を尽くした一年をふり返っての措辞。「水の澄みにけり」が美事である。創刊一周年の自祝の思いにあふれている。心も大気も水も、一年の経過の結果として澄んでいるのである。一句の言葉の運びが自然であり、流麗であり、形のよい句となっている。「浮野」一周年の喜びが、充実感が伝わって来る句である。

いままさに出で落つるさま一つ栗

栗の毬がぱっくりと割れて、大きな栗の実がつややかに姿を現している。毬の中の栗は一粒である。一瞬の光を切り取って描いて、秋の実りの様を一句としている。栗の量感、質感までもがありありと伝わって来るかのようである。

晩秋の浮野に水のをさまりぬ

「浮野」は加須に現存する湿地であり、豊かな自然が残されている土地である。秋も終りに近づいてくると、田野にあった豊かな水は姿を消して行く。実際には、必要のなくなった水が落とし堀へと落ちて減って行くのであり、また冬が近づき気候が乾燥してきて水が涸れて行くのである。しかし、「浮野に水のをさまりぬ」と詠まれてみると、まさにそうだと膝を叩きたくなる。浮野の周辺にはいつまでも豊かな水が湛えられているのである。田野にあった水はすべて浮野に還り、浮野の湿地に収まったのだという詩的真実には誰もが共感する。浮野は加須の名所であり、俳誌「浮野」の名称の由来ともなっている土地だけに、この一句の存在は大きい。郷土に対する存問の句である。

遠くより雪を灯して終列車

雪の降る野に灯をともすようにして来る終列車。その明かりに、斜めに夜の雪が降り込んでいる景が浮かぶ。夜の列車が雪の野にいっぱいに光をこぼして走り去る光景は何とも美しい。作者は最終列車に乗っていたのかもしれない。雪原の夜の列車の明かりは、詩情豊かでロマンを感じさせてくれる。

一歩づつさがつて広し焚火の輪

親しい人が集まって焚火を囲んでいる。火の勢いが強くなって、そこに立っている人々が一歩ずつ後ろに下がった。そうすることによって、焚火を囲む輪が広くなったと感じられたという。一歩ずつ下がったのは火勢のためだけではなく、焚火に加わる人が増えたためかもしれない。いずれにしても、輪が広くなったと感じたところに詩情が生まれているのである。作者はやはり、情景をよく観ているのである。じっくりと観てしっかりと観て取った上で、詩情を醸す一瞬を捉えて切り取っているのである。それが俳句作りの極意なのだが、それは常人が簡単に真似ることのできない技なのである。

三方に落葉掃き出す神楽殿

清浄な空気の感じられる神楽殿。これから神楽が始まるのであろうか。神楽殿に積もった落葉を今掃き出しているところである。神楽殿はどういうわけか三方が開いている。神楽殿とはそういうものなのである。それで落葉を三方へ掃き出すということになる。作者はそれを見つめて一句としているのである。「三方に」が詩的な発見であり、この句の中心である。

秋子忌の蟹に二の字の紅鋏

秋子忌は長谷川秋子の忌日、二月二日である。今日二月二日は秋子先生の忌日であると思うと、蟹の鋏までもが二の字を示しているように思えてくる、という句意である。そして、蟹の鋏の紅さまでもが悲しい思いを呼び起こすかのように感じられるというのである。蟹の鋏の紅さが何とも悲しく、読む者に強い印象を与える。二月二日。蟹の鋏にも二の字が二つ。不思議な深みを湛えた句である。

残火棄つ初東雲の大橋に

昭和五十五年の作品。その頃私たちは、利根川に架かる埼玉大橋の上で初日を仰ぐのを年頭の楽しみとしていた。その後、元日の昼に少数のメンバーが集まって句会を開いていた。その折の句と記憶している。埼玉大橋の上でささやかな焚火をして、暖を取りながら初日を待っていたのである。やがて東の空が白み始め、茜に染まってくる。間もなく初日の輝きも眼前に現れるに違いないと期待の膨らむ時刻。初東雲の空を仰ぎながら焚火の残火を捨てた、という句である。年の初めの淑気に満ちた一刻の出来事が一つのドラマのように描かれた句で、年の初めの情趣が感じられる。「初東雲の大橋に」がダイナミックである。

どこまでも畦どこまでも冬萌えて

平野に射す冬の日の光は豊かで穏やかで、冬の厳しさを感じさせない日もある。野を見渡してみるとずっと向こうまで畦が続き、冬草が萌え出でていることに気づく。それを眺めていると、これから明るい未来が開けて行くような幸福な感じを覚える、というのではないだろうか。「どこまでも」のリフレインが、そういう明るさ、果てしなさを表現しているのである。

句集『平野』は、この句を掉尾として終っている。

◇

郷土、北埼玉の風光に材を取った句集『平野』は、水尾先生の句集の中でも特異な位置を占めているように思う。自らの立脚する郷土の風光を見つめた俳句は貴重である。旅のロマンを描いた句とは異なる趣があろう。この句集に学ぶところが大であった。

『平野』の後の第五句集『東西』は、『平野』の出版から三年後の昭和六十年に出されている。水尾先生の壮年期の情熱を華と感じさせる句集が、次々に出版されて行ったのである。


（平成二十五年七月）

⑤句集『東西』を読む

落合水尾第五句集『東西』は『平野』から僅か三年後の昭和六十年に出版されている。内容は『平野』に収録しなかった昭和五十五年・五十六年の句と『平野』以後の三年間の句とを併せたものであり、実質的に五年間の創作を集積したものであった。水尾先生は四十代に三冊の句集を次々に出版しており、観照一気の俳句の壮年期の充実ぶりが感じられる。

自序の中で水尾先生は、

私は、俳句を作る上で、観照一気を心の指標としている。

「物に入りて、その微のあらはれて情感ずるや句となる所也。」

「松のことは松に習へ、竹のことは竹に習へ。」

それらの芭蕉の教えを、胆に銘ずる意味で、私は観照一気と言う。

と述べ、自らの作句信条を披瀝している。芭蕉以来の俳句の伝統の上に「観照一気」があることが分かる。また、句集名の「『東西』は、平野の北を、西から東へ流れる利根川の風光を心に置いて名付けた」とある。

巻末には「源泉に汲む」と題した文芸評論家の小室善弘氏による落合水尾論が付されている。同じ大学に共に学び、共に熱烈に俳句に打ち込んだ二人の水魚の交わりの様が窺えて、胸が熱くなる。そして、その文章の美事さにも打たれる。当時の水尾俳句を考える上での大きな手がかりとなる文章である。

これから『東西』の句について、私なりの鑑賞を試みることにする。

◇

祇王寺の花桶に水澄みにけり

祇王寺は京都の嵯峨野にある真言宗の尼寺。平清盛の寵愛を受けた祇王・祇女・仏御前が隠遁したことで有名な寺である。そういういにしえの悲話に心を寄せながら、作者の目はふと、墓に花を捧げるための花桶に注がれている。花桶の水は、青空を映しながらきれいに澄んでいるのである。そこにしみじみとした秋の情趣が感じられる。いにしえの白拍子の運命に心を寄せながら花桶の水を見ていると、人の世の儚さが、秋という季節の美しさの中でしみじみと感じられるというのである。情を直接詠まず、花桶の水に焦点を絞って描いていることに心惹かれる。「水澄みにけり」が美事である。

棍棒の一打に鮭の阿吽かな

鮭の川バカといふ字を大書きに

泉田川の鮭漁を見に行っての作である。現実の鮭漁というものは誠に酸鼻を極めたものである。網の中にある鮭を引き上げながら、一人の男が次々に棒で鮭の頭を殴打し、気を失わせて動けなくしてから加工するところへと運ぶのである。そして、雌の鮭は腹を割かれて卵を絞り取られるのである。

そういう鮭漁の一断面を「棍棒の」の句は美事に描き上げている。打たれた鮭が大きく口を開けたまま、また口を閉じたまま死んで行く様子を「阿吽」という仏教用語の名詞で表現したところに、この頃の水尾俳句の特色がよく表れている。一句の核に名詞を据えて、表現の単純化単一化を図っているのである。

「鮭の川」の句は、鮭漁の行われている川の近くで「バカ」という大きな字の落書きを見たということではないかと思われる。このような残酷な鮭漁が行われているのに、鮭は産卵のために命を賭けて毎年川を遡上して来るのである。まさに「バカ」と言いたくなる状況なのである。「バカ」という言葉が俳句の中で生きて働いていることにも驚かされる。

恋猫の逃げては距離をせばめけり

猫の恋は時期が来ると突然に始まり、時期が来るとぴたりと止んでしまう。一年中熱を上げている人間の恋とは違う。ここでは、逃げることによって開くはずの距離が逆に狭まるという逆説を描き、その異相性によって読者を引きつけながら、恋というものの切なさおかしさを象徴的に表現しているのである。恋に陥れば誰しも相手との距離を狭めたいもの。しかし、ただ近づいて行ったのでは相手に逃げられてしまう。そこで自ら相手から逃げることで、その距離を狭めたというのである。滑稽さを描きながら、恋というものの真実の姿を捉えているところが、この句の妙味である。

五合庵天にも春野にも近し

堂々たる風格を感じる句である。一句の形が整っているのである。「にも」の繰り返しの表現も一句の形を整えている。五合庵は越後の国上山にある良寛の庵である。この地で良寛は書、漢詩、和歌に親しみ、村童を友とする脱俗生活を送ったのである。良寛に思いを寄せ、その思いを「天にも春野にも近し」と詠嘆しているのである。

むらさきの野の突端に初日の出

初日を仰ぐため、野に出て東の曙の空を見つめる。茜に染まった空、そして紫色に見える平野の大地。その紫の野の突端の辺りに今、輝き渡る初日が姿を現したのである。「野の突端に」の「突端」が感動の中心である。「野の突端」という言葉の発見が写生を成立させ、一句を成立させているのである。淑気に満ちた野の景が何とも美しい。

落椿いまだ地に入るすべもなし

椿は落ちてもしばらくの間は、地に咲いているかのごとくいきいきとした姿をとどめる。そして時間をかけて錆びて朽ち、地に還って行く。その姿を「地に入るすべもなし」と詠嘆しているのである。特に「なし」という一語が、落椿の虚しさ悲しさを痛切に印象づけているように思う。落椿の美しさ悲しさがしみじみと胸に迫る句である。

初凪に松百態の九十九里

房州九十九里浜。海岸線が大きく弧を描き、ゆったりとした砂浜がつづいている。「初凪」は元日の海辺に風がなく静かな状態を言う。この句も堂々たる風格のある句である。一句に用言が一つもなく、名詞を連ねることで力強い表現となっている。特に下五の「九十九里」という体言止めが一句に力を与えている。一句の感動の核は「松百態」の「百態」にあり、体言が一句の中心にあることで一切の弛みがなくなっている。九十九里の海岸に、さまざまな形をした松が亭々と立ち並んでいるのである。そこに正月らしい淑気を作者は感じているのである。

足生えし困惑に蝌蚪泳ぎ出す

蝌蚪はおたまじゃくしのことで春の季語。足が生えて来たことはおたまじゃくしの成長であり、蛙になる準備ができたということ。しかし、足の生えたおたまじゃくしの泳ぎぶりはたどたどしく不自然である。そんな様子を作者は「困惑」という名詞で捉えている。足が生えたことに、おたまじゃくしが困惑しているというのである。思い切った表現であるが、そこにリアリティーが感じられる。そのリアルさがよい。

このおたまじゃくしの姿は、人間の姿を象徴的に表しているようにも感じられる。私には、このおたまじゃくしの困惑が、思春期を迎えた少年少女たちの、自分自身に対する驚きと困惑を表現しているように思えてならない。一句の何げない表現の中に、人間の真実の姿が描かれているのである。水尾俳句に深い文学性を感じる所以である。

遠蛙いまはの際の寂に侍す
夏痩のきはまりし喉仏かな
新緑や酸素を噛みて忽と逝く

昭和五十七年、角田紫陽先生が亡くなったときの句。紫陽先生は水尾先生の高校時代の恩師で、水尾先生が高校生の頃、水尾先生の俳句を見てご指導して下さった先生である。紫陽先生は、「浮野」が創刊されてからは「話の葛籠」という随想を「浮野」に連載して、水尾先生を見守って下さっていた。

一句目は、「寂に侍す」が恩師の死に立ち合ったときの厳粛な気持ちを過不足なく表現している。

「遠蛙」が死の静寂を表しているようである。二句目は、死を迎えた人の痩せ衰えた様を「喉仏」に焦点を絞って描くことで、強いリアリティーを醸し出している。「夏痩」と死の恐ろしさが迫って来るかのようである。三句目の「酸素を嚙みて」は、最後まで生に縋り生きようとしつづけた人の、今わの際の哀しみを強く表現しているように思う。厳粛な死の様と恩師への思いとが静かに描かれている。

一本の糸をちぢめてのぼる蜘蛛

自らの糸を引き寄せ、縮めるようにして登って行く蜘蛛の姿だけが描かれている句。極度に単純化され、単一化された表現に驚かされる。このような、一物一景を描いた句が『東西』には多い。このように単純化することで一句は象徴性を帯びてくる。「一本の糸」の縮んで行く様は、人間の命数が尽きて行く様を表しているようにも思える。単純な景の中に深い意味が内包されているのである。

曼珠沙華畦をへだてて字かはる

「字」は大字《おおあざ》・小字《こあざ》の字である。畦一つを境として字が変わるというのは、まさに加須の平野のこの辺りの土地の状況を表現していて、しみじみとした親しみが感じられる。その畦に曼珠沙華が燃えるように咲いているのである。郷土の景の親しさ懐かしさに惹かれる句である。

本当の寒を間近に桜山

美しいものの舞台裏を見せられるような、現実というものの切なさが伝わって来るような句である。寒桜は、その名からして寒さの最も厳しい寒の最中に、幻のように、夢のように花を咲かせるものと思って来たが、実際には寒を間近に控えた時期に満開を迎えていたというのである。この微妙な時期のずれがこの句の眼目であり、現実というものの正体なのではないだろうか。「これが現実というものだよ」と示してくれているような句である。本当に寒桜を見に行った人でなくては表現し得ないリアリティーをこの句は持っている。

去年今年鉄剣の百十五文字

「埼玉風土記の丘、稲荷山古墳」と前書きのある句。行田市埼玉の稲荷山古墳から古代の鉄剣が発掘され、話題となった。鉄剣には一一五文字の金錯銘が施されていた。金色の一一五の古代文字が、この地方の古代史の謎を解くのではないかと期待された。

この句も名詞を並べただけで成立していて、力強い調べを持っている。謎を秘めた鉄剣が年を越して行く。それが「去年今年」である。赤く錆びついた鉄剣は、土の中で千何百回かの「去年今年」を経て来たのである。金色の鉄剣の文字の輝きが古代へのロマンを掻き立てるようで、心惹かれる。

きさらぎの野に一本のギターかな
淡雪の悼みは花に枝にかな

昭和五十八年、「浮野」同人の坂本坂水さん（現・同人会副会長）の長男・裕和さんが、二十一歳の若さで亡くなった。それは誰にとっても悲しい出来事であった。裕和さんは高校生の頃から俳句を作っており、水尾先生の教え子で俳人としても将来を期待されていた。「一本のギター」が青春の哀切さを象徴しているかのようである。

恋風を誘ひ舞ふかな雪の華　　坂本裕和

◇

白魚に目といふもののしるしかな

白魚には、目がほんのしるしほどにしか付いていない。しかし、それは確かにものを見るための目なのである。目は、白魚が人間とほど遠からぬ種類の生き物であることを物語っているかのようである。「しるし」は即ち生命あるもののしるしであり、そう描くことによって、白魚というものの本質が哀感をもってリアルに迫って来るのである。白魚という単一のものを、目に焦点を絞って単純化して描いている。『東西』には、このような一物一景を描いた句が多く見られる。そして、その大部分が俳句として十分に成功しているのである。

ひとひらのおくれてもどるゆふはちす

「ゆふはちす」は夕方の蓮の花のことであり、「ひとひら」は大きな花びらの一弁である。日を受けて大きく開いていた花が、夕暮れどきを迎えてゆっくりと閉じていくところなのである。蓮の花弁は、どれも同じように動いてきれいに閉じていくのだろうと思っていると、そうではなかった。その中の一つの花弁がもう元には戻れないもののように、大きく他よりも遅れて閉じていったのである。

一句の映像はその一瞬を捉えているようでもあり、ゆるやかな花弁の動きを連続して描いているようにも見える。長時間撮影した映像フィルムを、短時間に映写したようなイメージである。遅れて戻る一弁の発見は、虚子の白牡丹の句における「紅ほのか」の発見と同様の働きをしているように思う。映像感覚豊かな句で、『東西』の句の特色の一つを示す句である。

あけぼのの日のこもる雲古代蓮

前句同様に行田の古代蓮を詠んだ句である。蓮は夜明けに開くと言われている。曙の茜に染まった雲と呼応するかのように、古代蓮も今、花開こうとしているというのであろう。夜明けの太陽が雲の中に隠れ、雲は明るく輝いている。それはまるで、古代蓮の紅色が天にも映っているかのような美しさではないか。蓮の開花という自然のドラマが一句の中に力強く盛り込まれている。

植木鉢底に小春の穴ひとつ

植木鉢というもののみを描いて成功している作品。よく観て植木鉢の底の水の抜ける穴を発見している。植木鉢というものの存在感がリアルに伝わる句である。「小春」という季語が全体に潤いをもたらしているかのような印象を与えている。こういう、ものだけを描いて成功している作品も『東西』の特色のひとつである。

猟銃の重量わたす膝の上

猟銃が冬の季語。冷えびえとする冬の空気の中、猟銃というものの存在感が迫って来るような感じがする。膝の上に載せられた猟銃の重さが、肌に食い入るようにずしりと感じられる。そしてその無機質な冷たさも。銃という、ものの命を奪い去る道具の厳然たる重量が、迫力をもって描かれているのである。「リョウジュウ」という言葉の後に「ジュウリョウ」という言葉が重なるこの感じも、一句に重々しい調子を与えている。

牧水の歌碑を踏み越す雪山路

谷川岳山麓俳句大会が冬季に行われたときの句と記憶している。宿の金盛館の近くに若山牧水の歌碑が立っているが、それが雪に埋もれていて足下にあり、思わず踏み越してしまったというのである。冬の谷川の自然の厳しさと、歌人・牧水への思いが一句に結晶している。

目つむりて花の吉野に目覚めをり

　桜の名所、吉野への旅。桜がいっぱいに咲き盛っている吉野に今来ていることの喜び。桜の花に埋まるようにして、その花明りの中に今目覚めたのである。そして、目をつむって横になったまま、旅情を、その朝のひとときの感動をじっと味わっているのである。これからまた桜の中を旅する一日が始まる。作者と共に目をつむって、花の吉野に横たわっているような感覚を読者も味わうことのできる句である。

逝くときの梅雨の最中の月まどか

「祖母トネ逝去九十三歳」の前書きがある。幼い頃から作者を大切に育てて見守ってくれた祖母である。水尾先生はおばあちゃん子だったと伺っている。この句集の後記に「祖母トネに捧ぐ一書である」と書かれている。「月まどか」が、まず読む者の心を捉える。梅雨の最中であるにもかかわらず、月はまん丸だったのである。そこには天寿を全うした安らぎが感じられよう。祖母に対する愛惜と感謝の念が、この句からは感じられる。月が哀しく美しい。

万緑や遺影をもつて若返る

　この句も同じ時の作品。亡くなるときの姿よりも、遺影の方が若々しい姿だったのである。事実そのものから出発している句であるが、読む者はその意外性に思わずはっとさせられ、引き付けられる。「万緑や」の詠嘆もよい。若々しい遺影がいっそうなつかしく、作者にほほえみ語りかけて来るかのようである。情感の濃い作品である。

木下闇喪の寸感に立ちどまり

この句も、喪中にある己の思いを一瞬のうちに捉えて描き取ったような句で、その感覚の鋭さに強く惹かれる。

月光の降ってをり雪やみてをり

雪国の月夜の美しさが染みて来るようである。月光が降り注ぎ、雪が止んで辺りが静まり返っているのである。それをそのまま描いただけの単純極まりない句。無内容であることが、読者にさまざまなことを想像させる広がりを持たせて、却って句柄を大きくしていることに気づく。そこまで省略して作るのも観照一気の骨法である。

俳句に、力説型の俳句と黙説型の俳句があるとすれば、この句は明らかに黙説型の俳句である。そういう黙説型の俳句が多く登場するのも、句集『東西』の特色の一つである。

春の鹿影をはこびて水に寄る

水に寄った鹿の姿が、水に映って美しく感じられる。水を飲もうとする鹿の舌の動きまでもが見えて来そうである。中七の「影をはこびて」が巧みである。「春の鹿」は身籠っているのかもしれない。「影をはこびて」には、どこかそういう春ならではの倦怠感が表現されているようでもある。俳句では、述べることを拒み、省略することによって、却って豊かな詩情をもたらす結果になることがあるのだと強く感じさせられる。

まつすぐに刺して傾く案山子かな

夏の終り頃、真新しかった案山子も、稲の刈り入れの時期になると汚れが目立ち疲れが見えるようになる。衣服も顔もうす汚れ、もの哀しい姿となる。稲の稔りの代償のように、刈り入れが終ると案山子はぽつんと刈田に取り残されていたりする。そのような案山子という存在の哀感を捉えながら、この句は案山子の真実の姿を描こうとしている。まっすぐに刺したはずの案山子が、いつの間にか傾いているのである。そう表現されてみると、案山子というものはそのように存在するものという気がしてくる。作者は誰よりもよく案山子を観ているのである。誰もが見ていて気づかない案山子の本当の姿が、ここに描かれているのである。そういうものの存在の真実の姿を捉えるのが、観照一気の俳句なのである。

右手左手卒業証書高く受く

巻末に近いところに置かれた句。昭和六十年の作品であるから、長男の雅人さんの高校卒業を祝う句かもしれない。この句も、卒業証書を受ける様子を、写生を超えた客観描写で映像を見るように描き取っていて、その背景にある出来事やそれに伴う作者の情というものを一切描いていない。

それらを省略することによって、それを読者の想像力に委ね、一句の力をより強いものとしている。美事な一句である。

◇

このように句集『東西』は、平明な表現を取りながら、極めて奥深い文学性を内蔵しているのである。観照一気の俳句の一つの完成された姿をここに見ることができる。

（平成二十五年十一月）

⑥水尾俳句と観照一気

私は、「浮野」の昭和六十三年十二月号から平成元年十一月号に「水尾俳句と観照一気」という約二万二〇〇〇字の論考を書いている。拙いものではあるが、水尾先生の『青い時計』『谷川』『澪標』『平野』『東西』の五句集の作品を俯瞰し、分析し、観照一気とはどういうものなのか、水尾俳句はどのように変遷進化して来たのか、現代俳句の流れの中で水尾俳句はどのような位置にあるのか、というような問題について考えをまとめ、せいいっぱいの論考を展開している。元より幼稚な論考ではあるが、当時私が考えていた事の中から、今日見直してみても妥当だと思われる部分のみを整理して、要約して紹介したいと思う。

◇

秀句を支える根本的な要素とは何か。それは、まず感動の核（中心）が明確であることである。その核を構成する要素として、異相性（意外性）とリアリティーを挙げることができる。異相性とは、読者をはっとさせ、驚かせ、引きつける要素である。異相性のない俳句は平板であり、陳腐である。リアリティーとは真実味のことであり、この世の真理の一端を捉えているということである。異相性がリアリティーを際立たせ、リアリティーが異相性を際立たせているのが秀句の姿である。水尾俳句の秀句の多くはこの条件を満たしていると私は考える。

白魚に目といふもののしるしかな
一本の糸をちぢめてのぼる蜘蛛
ひとひらのおくれてもどるゆふはちす

これは第五句集『東西』に収められた句であるが、『東西』には一物一景を単一にくっきりと切り取った句が多くなっている。それは一本の野菊のような句である。一本の野菊とは、昭和三十四年の伊勢湾台風の晩に、青年時代の水尾先生が南禅寺に泊まり、柴山全慶和尚の教えを受け、コップに活けられた一本の野菊を見て、そこに自己の求めるべき俳句の姿を見出した、という逸話の中に登場する野菊のことである。句集『東西』の中の秀句は、まさに一本の野菊のように一物一景を描いたものである。

水尾俳句の変遷と進化については、およそ次のように捉えている。

時計の音が青い青いと啄木鳥《きつつき》
幾砂丘越え夕暁のおとろえず
はまなすのどこへ腰掛けてもひとり
夜に入りて青みしレモン婚約期

『青い時計』所収の二十代の作品は、俳句の伝統性よりも自由詩の持つ叙情性と現代性を追求しているように見える。酔わせるような旅情と孤独感、溢れるロマンチシズムは、青春のまばゆい輝きを放っている。『青い時計』の後半には連作「怒濤」二十句が収録されている。

外人泳ぐ仮死の女を砂に埋め
夏潮や仮死の女の股冷やす
沖暮れてふくらむ蟹の穴の闇

これらは、エネルギッシュな映像性と素材の新しさによって、俳句の伝統を打ち破ろうとする前衛的色彩の濃い作品である。

句集『谷川』の句には、俳句を私小説と考える境涯俳句に近い要素が感じられる。

渓紅葉真紅の妻の振りかえる
吾子の死を埋むるに足らぬ家の菊
吾子泣いて月下の塀に冴つくる

妻手上げ寒風にシャツ叩き干す
長欠生徒訪えば茄子より暗き笑い
卒業歌教師ふたたび教師にて

これらの『谷川』の句は、景やものを詠むというよりも、情や出来事を詠んで成功している句である。

『谷川』から『澪標』へと水尾俳句は進化して行く。一つの方向として、自己の心情を直接詠うのではなく、景を描くことに徹して、情を描く方向へと作風は転換して行く。

滝壺に落ちし月光湧きのぼる
しゃぼん玉少女の額濡れにけり
梨の花二駅先の濡れゐたり
白狐ともならず月下の湯手拭
行く春の門燈のうすほこりかな

これらは『澪標』に収められた句である。『谷川』から『澪標』への変化の様子を整理すると、次のようになる。

①『澪標』では、自己の状況、心情を直接詠んだ句が極めて少ない。
②『谷川』では、定型の呼吸・リズムを崩した句及び口語調の句が見られるが、『澪標』は定

型に徹し、文語で統一されている。

③『谷川』では、想念・観念を示す言葉を直接詠み込んだ句が見られるが、『澪標』では極めて少なくなっている。

④『谷川』では、自己を詠んだ生活詠に目を引かれるが、『澪標』では、自然や季節の景物を詠んだ句に心惹かれる。

てのひらのむらさきのとき雁の空

月幾夜葡萄にしづく生まれけり

その美的傾向も連作「怒濤」に見るような前衛的なものではなく、伝統的な日本の美を追求する方向へと転換して来ている。『谷川』の混沌を抜けて、明るく開けた花野へと歩を進めたのが、句集『澪標』の世界なのではないかと思われる。

句集『平野』では観照一気に開眼した水尾俳句が、人々が日常性の中に忘れ去っていた世界を次々に発見してみせ、北埼玉の風土の美しさ懐かしさを遺憾なく描き上げることに成功しているのではないか。『平野』を読んで文芸評論家の火村卓三氏は、水尾先生を「共同幻想の体現者」と呼び、小室善弘氏は「常凡の目が取り落とした世界が見える」と評した。

句集『平野』では、第一に郷土の自然と季節の美を描いている。

野を行きて春月に突き当るかな

武蔵野の北にれんげ田二三枚
よしきりや沈みたる日のなほ沈む

第二に、郷土の自然と人間との関りを具体的に捉え、その生活の姿を懐かしく詠い上げている。

早春の野に決潰の碑を残す
手拭を袋に縫つていなごとり
風邪ひきし子にごつた煮の川魚

第三に、郷土の名所旧跡・人事祭礼の具体的な姿を描き上げている。

白に白重ね形代納めけり
大堰や闇につかへて籾流る
荒神輿行きつ戻りつなほ戻る
晩秋の浮野に水のをさまりぬ

第四に、日常の中に目にするものの真実の姿を捉えて諷詠している。

涅槃図の無辺世界に布の皺
落花生思ひ出してはふたつなり
一歩づつさがつて広し焚火の輪

日常を詠むには、事物の姿の根源を突き詰める深い観照の力が必要である。『平野』の句はどれも深い観照から生まれている。『平野』の句はどれも平明で、ゆったりとした安らかな調べにつつまれている。それは、『平野』の句の内容が極めて少なく単純化されているために可能になったことである。このゆったりとした調べは、温順な北埼玉の郷土の風光を描くのに誠にふさわしいものである。

『平野』に見られる、感動の核を絞りに絞って最も単純化した一点を詠むという作法は、観照一気の骨法の一つであると考える。

近代俳句には、黙説型の俳句と力説型の俳句の二つの流れが、波を打って登場する。

遠山に日の当りたる枯野かな　　虚子
帚木に影といふものありにけり　　〃
流れゆく大根の葉の早さかな　　〃
白牡丹といふといへども紅ほのか　　〃

等、高浜虚子には黙説型の句が多く見られるのに対して、

啄木鳥や落葉をいそぐ牧の木々　　秋桜子
万緑の中や吾子の歯生え初むる　　草田男

死ねば野分生きてゐしかば争へり　楸邨

等、虚子の後に続く世代の人々は力説型の句を中心に創作している。水尾先生の『青い時計』から『東西』までの作品を見ると、力説型から黙説型の俳句へと変遷進化して来ているのではないかと思われる。

近代俳句の歴史を見ると、客観的表現を重視した俳句と主観的表現を重視した俳句の流れが、波を打つように交互に登場して来ている。高浜虚子は「客観写生」を唱えて後進の指導に当ったが、その後進の人々の多くはその客観を学んだ後、主観の重要性を主張して各々新しい境地を開いて行った。水尾先生の作品はどうか。

白狐とも ならず月下の湯手拭
滝壺に落ちし月光湧きのぼる
夏帽子通過列車に射落とさる

これらの『澪標』の代表作は、「ならず」「湧きのぼる」「射落とさる」という用言の部分が一句の核を作っている。それに対して、

初凪に松百態の九十九里
棍棒の一打に鮭の阿吽かな

等の『東西』の句は「百態」「阿吽」といった体言が一句の核を作っている。このように作法を変化させながら、水尾俳句はより客観的表現を求めて進化して来たのではないかと考えられる。

くるぶしの上のしまりや甘茶仏
ひとひらのおくれてもどるゆふはちす
一本の糸をちぢめてのぼる蜘蛛

等『東西』の句は、フィルムの映像を見ているような客観的な表現が顕著である。水尾俳句は、客観の表現に徹して主観を伝えるという高度な表現性を持つに至っているのではないだろうか。表現の客観性は、言葉の力（叙述力）に頼ることを排して観照に徹して、感動の本質を絞り込む（イメージを純化して一点に絞る）作用によって一句を得ようとしたときに、初めて得られるものだと考える。句集『東西』の水尾俳句は、その領域に到達しているのである。

◇

整理してみると、『青い時計』の水尾俳句は、現代詩の持つ自由さと写生の確かさを同時に持つものであった。『谷川』では、人間探求派や境涯派に近い生活詠が見られた。『澪標』では一転して唯美主義的傾向が現れ、『平野』は風土を描く俳句の尖端を行くものであった。『東西』では、象徴性の強い作品やものの姿をリアルに描いた映像性の強い作品が多く見られた。

句集『東西』は、奥深い美学と高度な文学性に裏打ちされた優れた句集であると言えよう。

（平成二十六年二月）

⑦句集『徒歩禅』を読む

落合水尾第六句集『徒歩禅』は、句集『東西』の出版から九年を経た平成六年に出版されている。俳誌「浮野」は順調に発刊され積み重ねられて行ったが、この九年間にも水尾先生の身辺にさまざまなドラマがあったことが句集を読むと分かる。水尾先生はあとがきの中で、

「徒歩禅」という言葉は、山頭火のものである。行乞に徹する覚悟は私にはないが、座禅に通じる、漂泊の精神に近づきたい気持はいつもある。あこがれをこめて句集名とした。

と述べている。俳句に徹する人生という点では、水尾先生の人生も山頭火に通じるものがあるのではないかと思う。「浮野」の徒歩禅吟行会は、この句集を出発点としているのである。

◇

句集『徒歩禅』には、昭和六十年から平成五年までの作品が収められている。水尾先生の四十八歳から五十六歳までの作品である。

徒歩禅に野道ひらけて初茜

平成三年の年頭の句。禅の修行のように、詩的感興を求めて一歩一歩歩いて行くのが「徒歩禅」なのだろうと思う。厳しい寒気の中、まだ薄暗い元旦の野を歩いて行く。次々に野道がひらけて、新しい野の景が眼前に展開する。俳句を求めて進む人生のように、未来が、野道がひらけて行くかのようである。ひらけた野の景の先に、日の出前の茜の空があった。元旦のめでたい空が、その鮮やかな茜色と共に、作者を祝福するかのように目の前にひらけて行ったというのである。お正月らしいめでたさと共に、俳句に賭ける決意の表れた句と解したい。

会ひたくて谷の残花にめつむりぬ

昭和六十年の作品。谷川岳山麓俳句大会の折の句ではないかと思う。「残花」は、花時を過ぎた晩春の頃にまだ散り残っている桜のことで、どことなく懐かしさの感じられる季語である。谷川の俳句大会に行くと、平地ではとうに散り果てたはずの桜が満開に咲いていて、心を打たれることがある。

「会ひたくて」とは誰に会いたいのであろうか。誰に会いたいとも書かれていないところにこの句の奥深さを感じる。目をつむって会おうとするのだから、会いたいと思う相手の人はすでにこの世に亡い人ということになる。それは、おそらく秋子先生のことなのではないだろうか。目をつむって美貌の先師・長谷川秋子に会おうとしているのであれば、そこに慕情と共に一つのロマンが感じられよう。省略することによって一句の深みが増している。

青々と鶴来る空のかかりたり

私の家の一室にこの句の大きな軸がある。単純な内容でありながら、毎日見ていても飽きない句である。いや、単純化の極みの句だからこそ、毎日見ていても飽きないのであろう。
「鶴来る」は秋の季語。真っ青に深く澄んだ晩秋の空が感じられる。そこへ、光の精のような美しい鶴が飛来して来るというのである。一句の内容が精選され単純化されていて、五七五という小さな器がいっぱいになっていない。まだ余裕のある状態なのである。「空のかかりたり」というゆったりとした表現にそれが感じられる。上五の「青々と」で秋の空の青さと美しさを印象づけ、そこにゆとりを持たせて飛来する鶴の姿を描いている。堂々たる格調の感じられる句である。

冬の水緋鯉打つべく落ちにけり

「雲母」誌上で飯田龍太が取り上げた句で、龍太の著書『現代俳句の面白さ』の中で「冬水打ちに打てど、微動もしない大きな緋鯉を眼前する。『水よ、意地悪をするでない。』いや、よく見ると緋鯉の奴、一向にたじろぐ景色も見せぬわ」と書いていると、和泉好さんが平成六年の「浮野」に記している。潺々と落ちる澄み切った冬の水と、色鮮やかなまま鏡の中の存在のようにじっとして動かずに居る緋鯉の存在とが、何とも美しく印象鮮明である。鮮やかな映像感と清浄感が読者の心に残る。

田と分つ畑の段も夕おぼろ

句集『平野』の延長線上にあるような、郷土の野の景である。この辺りの野は大方水田である。水田より一段高い所に畑があり、畑は家の近くへと続いている。「田と分つ畑の段」とは、水田から畑へと変わるその境目のことであろう。そういう景が夕方のおぼろの中に見えるというのである。何とも親しく懐かしい夕景色である。野末はぼんやりと霞んでいて、菜の花が美しく咲いていたりする。唱歌の「朧月夜」を口ずさみたくなるような景が、読者の眼前に広がってくる。

噴水のいただきに水弾ねてをり

この句のイメージは、「噴水のいただき」と「水弾ねてをり」の二つの部分に分けることができる。「噴水のいただき」によって限られた読者の視野は、「水弾ねてをり」によってズームアップされ、噴水の姿を間近から微細に鮮明に見る思いにはっとさせられる。しかも、「水弾ねてをり」は一瞬のイメージであると同時に、同じことが次々に繰り返されるイメージをも伴っているのである。読者の目の中に一度弾ね上がった噴水の水は次々に同じことを繰り返し、永遠に弾みつづけるような印象を与える。観照一気による「永遠の今」のスナップといえる一句である。

春の野に動けば見ゆる母校かな
転任や春の野に川一つ越す
花吹雪母校に残す離任の辞

昭和六十一年、水尾先生は十五年間心血を注いで働いた母校・県立不動岡高校から、不動岡女子高校（現・誠和福祉高校）に転勤することになった。その折の句である。「動けば見ゆる母校」には、十五年間働いた母校への強い愛着と別れを惜しむ思いが感じられる。春の野に出て少し動けばいつでも見える母校なのである。そう思って名残を惜しんでいるのである。そして、母校の存在を改めて見直しているのである。

二句目。転任といっても、ほんの少し遠くにある不動岡女子高校への転任である。川を一つ越すだけのことだと、自分に言い聞かせているようにも思える。句集『平野』に描いた風光が、転勤先でも作者を待っているのである。「川一つ越す」の表現が印象的である。川を一つ越すことによってすべてが一新するのである。心も新たに教師としての生活が再スタートする。

三句目は桜のはらはらと散る四月、離任式で不動岡高校を訪れ、生徒たちに、また先生方に、十五年間勤めた自分の母校に対する思いを熱く語ったということであろう。読者の側も涙がこぼれそうになる。教師として必ず経験する転任という出来事とその心情を、情感豊かに詠い上げている。

この三句は自分自身の人生に対する存問の句である。自らの人生の節目に当ってそこに句を残すことは、俳人としての矜恃の現れである。

毛糸玉朱の一すぢをすべてとす

この句の中の毛糸玉は、赤く柔らかな球形をしている。それを解いていくと、次々に一筋の赤い毛糸が繰り出される。次々に繰り出される毛糸の一筋は、どこまで辿っても一筋の毛糸のままであり、ついに毛糸玉に行き着くことはないのである。毛糸玉とはそのような、実体のない幻のような存在なのである。当り前のことではあるが、毛糸玉の根源が一筋の毛糸の連続にすぎないという把握は、恐るべきリアリティーを持っているように思う。毛糸玉のイメージと「朱の一すぢ」のイメージとの断層が、この句の核を支える異相性である。

草の花草の根分けて人さがし
鎌倉に隠れおほせて小春かな
観音の背山に抱かれ行く秋ぞ

「草の花」の句には、「相澤静思先生不慮の事故・鎌倉の山々を同志と共に捜索す」と前書きがある。「草の花」の句と「鎌倉に」の句は昭和六十一年の晩秋、初冬の句である。この年、鎌倉にお住まいの「浮野」同人会長（当時）相澤静思先生が、家を出たまま行方不明になるという出来事があった。筆者を含めて多数の「浮野」の同人・誌友が晩秋の鎌倉に集まり、寺院に一泊して土曜日と日曜日の二日間先生をお探しした。先生の行きそうな鎌倉のあちこちの山や谷を隈なく探したが、先生を見つけることはできなかった。

一句目は、「草」という言葉のリフレインが捜索の徹底ぶりを描いてリアルである。

二句目は、ついに探し出すことのできなかった無念を「隠れおほせて」と余裕を持って表現し、「小春」という穏和な季語を配して一縷の望みと救いとを表現しているように思われる。

三句目は昭和六十二年秋の作品で、「十月二十六日・相澤静思先生葬儀」と前書きがある。一年後に静思先生は変わり果てた姿で発見された。「観音」は鎌倉の長谷観音であろう。その大きな観音様のある山に抱かれるようにして、今静思先生とお別れしたというような意味合いの句なのではないだろうか。「行く秋ぞ」は、秋の過ぎ去るさびしさと、静思先生が帰らぬ人となって行ってしまったという悲しみとを強く感じさせる詠嘆表現である。断腸の思いを感じ取ることができる。

緑青や滝のごとくに甍灼け
炎天に突き出て止まる撞木かな

二句共に、加須の不動尊總願寺での夏行俳句大会のときに作られた句と記憶している。總願寺の不動堂の大屋根は大きく反り返っていて、一面に青々と緑青を噴いている。大屋根は緑青のために青々としていながら、炎天に晒され熱く灼けているのである。その灼熱の青を「滝のごとく」と表現した比喩の的確さに打たれる。熱い金属の屋根を「滝」という涼しいものにたとえた意外性と、緑青の斑のある色あいが滝のように見える、そのリアリティーに打たれるのである。意外性とリアリティーを兼ね備えていることが、比喩表現の成功のポイントである。

二句目は、鐘楼の撞木だけを描いて不思議な詩情を醸している句である。鐘を打った撞木が反動で揺れながら動き、ついには炎天に突き出て止まるという。当り前のことのようだが、俳句という器に盛り込んでみると、美事に詩になっていることに気づかされる。撞木というものの存在をありありと描いて、その瞬間の動きをリアルに捉えている。俳句として実に力のある表現になっているのである。二句共に、観照の徹底による発見に裏打ちされた美事な作品である。

ころがりぬ木の実とどまるところまで

例えば樫の実。木から落ちた樫の実が地面に弾んで転がって行く。そして石ころにぶつかった辺りで止まる。それ以上動くことはない。木の実とはそういうものだ。そこに木の実というものの真の姿を観て取っているのである。転がって止まったところがアスファルト道路であれば、その木の実は踏み潰されて終りとなる。しかし、そこが条件の良い土の上であれば、木の実は根を下ろし、新たな命の芽を出して、やがては立派な樫の大樹へと成長して行くのである。この句は内容が極度に単純化されている。ここまでものを見つめて、物事の要諦のみを描いた句も稀なのではないだろうか。先の噴水の句と並んで、『徒歩禅』の中の傑作なのではないかと思う。

人日の野辺に昭和の終る雨

昭和六十四年一月七日。昭和天皇は、激動の時代を生き抜き、波瀾の生涯を閉じた。六十四年に渡る昭和という一つの時代が、ここに終焉を迎えたのである。ちょうどその日は人日。人を占い尊ぶ日。そして、作者の目の前の野に雨が降っているのである。天皇の崩御と共に元号が改まる。作者は雨を見つめながら、昭和という時代に思いを寄せ、そこに生きた自らの人生をふり返り、父母の人生をもふり返ったに違いない。時代は未来へ向けて大きく動いて行こうとしている。そういう深い感慨を内包した大きな存問の句である。

月いよよ佳き句をなせと円かなる

風もない秋の夜。くっきりとして殊の外美しい月が、佳き句を作りなさい、と語りかけて来るかのようにまん丸であるという。静かに月と向き合っている作者の穏やかな心情が窺える。満月が佳き句をなせと語りかけて来るような静かな境地には、何年くらい俳句に打ち込んで行けば到達できるのだろうか。生涯をかけて句を追い求める水尾先生だけが到達した境地が、ここに描かれているのではないだろうか。

黒ばらに近き紅ばらかと思ふ

「黒ばら」といっても、真っ黒なばらというのがあるわけではない。肉の厚い、やや黒ずんだ赤色のばらをそう呼ぶのだが、作者が目をとめたばらはそれよりも少し明るい色をしており、どちらかと言えば紅ばらに属するものだというのである。そんな微妙な色あいを取り出してみせるのも、観照一気のなせる技であろう。
「思ふ」という言葉が許されるほどに一句のスペースにゆとりがあるのは、内容がばらの色あいの一点に絞られ、いわば無内容に近い状態にあるためである。そのゆったりとした語調が、遊び心を十二分に堪能させてくれる。それは、この句に登場するばらを単なるばらとしてではなく、一人の女人の存在を擬したものとして味わうとき、いっそう味わい深いものとなる。

薫風や女子校愛史二十年

平成元年、水尾先生の勤務する不動岡女子高校が創立二十周年を迎え、記念行事が催された。その祝意を込めた挨拶句である。「愛史」は「哀史」を踏まえて作られた作者の造語である。『女工哀史』は、初期の資本主義社会における女工達の悲しみの記録であるが、「女子校愛史」には悲劇が存在するようには思えない。これは、二十年の歴史を築くために、哀しいまでに切実な努力と愛情が注がれてきたという程の意味なのではないだろうか。多くの人々の愛の力に支えられた日々を思うとき、作者には女子校の歴史が「哀史」のごとく切実なものに感じられたのである。「女子校愛史」にはパロディーを超えた情の濃い風韻が感じられ、芸と文学性との結晶を見る思いがする。

句仏のごとき面々春灯

少壮の頃から俳句の道に打ちこみ、かつ打ちこみ続けて老境を迎えた俳人達。一芸に身を捧げ、より高い境地を求めて精進に精進を重ねる姿には、宗教的な崇高さを帯びて迫って来るものがあろう。自然の中に分け入って、自然と魂を一つにしてひたすら句を求め続ける生涯があったとしたら、厳しく老いたその風姿が、仏の悟りに近い安らかさを持っていたとしても不思議ではないだろう。俳句には、禅の悟りに通じる一面が確かにあるようにも思える。そんな句仏のような面々に立ち混じって句座に着く作者。事実か幻想か、静かな春の灯の下に、無言の行のごとき創作の時間が流れてゆく。

大山にひとりぶつかり年詰まる

「伯耆大山」の前書きがある。大山は標高一七二九メートル。山陰随一の高峰で、

春の野を持上《もた》げて伯耆大山を　森　澄雄

と詠まれるように、平野から直接屹立する姿は雄大である。すでに真冬の候。真っ白に雪をいただく大山が、巨大な壁のように作者の行く手に立ちはだかっている。すべてを脱却した一人旅。さびさびとした山陰の野に、作者は大山にぶつかる気概で歩を進めようとしている。「ひとりぶつかり」には、常に新たな詩境を開くべく模索する強い意志が象徴されてもいよう。眼前に広がる荒漠たる空間には大山と己の影が存在するのみ。孤愁の極みの中に新たな詩境が開かれようとしている。孤独な大山との対峙の果てに、輝かしい新年の海が開けようとしていることを、一句は密かに語ろうとしているかのようである。

野あそびのはづれの空に着きにけり

春の暖かさ、解放感に誘われた野遊び。ほんの少しの散歩のつもりが、思いがけない遠出になったりすることもよくある。そんな野遊びの楽しさとともに、「はづれの空」の言葉の不思議さに心

を惹かれる。「野あそびのはづれ」とはいかなるところか。川土手を下った水辺の石の上か、はたまた海に突き出た岬の崖の上か。いずれにしても、これ以上足を踏み入れることのできない果てに行き着いたのである。そして、そこには光にあふれた春の空が広がっているのである。野に遊ぶ心は今、地上を離れて大空へと漂い出ているにちがいない。はずれの空の見えるところは、暖かくなつかしい。海でも川でも土手でもなく、「空」に行き着くところに、この句の限りない広がりと味わいとがある。

花いつもいづれか早し二輪草

平成四年、谷川岳山麓俳句大会での作。二輪草は山野の陰地に生ずる十センチほどの草で、四、五月頃白に紫のぼかしのある小さい花を二輪ほど咲かせる。その花の咲き方に遅速があると作者は言う。一方のいずれかが早く、もう一方が遅いというのである。これは、自然の命のあり様をよくよく凝視し見極めようとする、微に入り細に入った観察眼を持たなくては見定められないところである。

ところで、自然の姿を微細に写生することに執するあまり、詩情や人間性の真実を描くことをおろそかにする傾向がかつてあった。〈甘草の芽のとびとびのひとならび　高野素十〉等の句は、「草の芽俳句」と呼ばれて批判された。しかし、掲出の一句はそれらとは明らかに異質である。確かな詩的発見に裏打ちされているのである。二輪草の生態を活写しながらその可憐さを描き、更に造物主の妙手ともいえる自然界の神秘の姿を取り出して見せているのである。

声出していつも補欠や鯉のぼり

少年ならば一度はあこがれる野球。しかし、その誰もが華々しい活躍を期待される選手になれるわけではない。いつも補欠でありながら、せいいっぱい土にまみれて練習し、せいいっぱい声を張り上げて応援している少年の存在もあろう。鯉のぼりはそんな少年を励ますかのように、おおしく空を泳いでいる。いつも補欠でありながらせいいっぱい声をふりしぼっている姿には、その精神の健全さに打たれるものがある。作者の、教師としての弱者に向けるやさしい眼差しと、健全な精神に引かれる思いとが強く感じられる句である。

桑の実や経し世はすべて炎なす

苺を小さくしたような黒紫色の桑の実には、誰もが郷愁を誘われるものがある。作者も桑の実に過去への思いを触発されたものと考えられるが、それが炎をなすというのはどういうことだろうか。古くは源平の合戦から、関東大震災、東京大空襲等、人間の歴史は炎に包まれることを繰り返してきたと解することもできる。しかし、ここでは作者が自らの過去をふり返って、そこに炎のようなものを感じたと解釈したい。それにしても、よほどの決意の下に生きて来た者でなければ、思い至らない境地である。水尾先生の俳句ひとすじにかけてきた思いの激しさを、今さらのように感じさせられる作品である。

あつさりと暮れゆくは蕗青葉らし

蕗もすっかり茂って夏らしくなった六月。一年中でいちばん日が長く、日暮の遅い季節でもある。そんな夕暮れどき、常凡には暮れ残るものに目が行きがちだが、作者は逆に早々と暮れていくものに目を落としている。そしてそこに、茂るにまかせた蕗群を見出しているのである。そう言われてみれば、蕗群というものはいかにも早々と暮れていきそうな存在である。眼前直覚。蕗群の蕗群らしい存在感を確かに捉えているところに、この句の妙味がある。

天高ければ長城をめぐらせり
一川に黄土の秋のひらけけり

平成五年の「浮野」中国吟行会の折の作品。一句目は万里の長城での作。秋の青く澄んだ空と、万里の長城がうねりながら長大に連なっている広大な風景が目に浮かぶ。この句では、「天高ければ」という表現によって、天の高さと万里の長城とが関係を持って呼応しているかのように描かれている。その異相性に読者は惹きつけられる。天が高いと感じられることと、万里の長城がめぐらされていることとは、本来は無関係である。天の高さに応えるように長城がめぐらされているという、作者独自の把握が一句の核を作っているのである。
「黄土」は中国北部に広がる黄土地帯。「一川」はそこを流れる大河、黄河であろう。中国という大陸のスケールの大きな景が、ゆったりとした調べの中に的確に表現されていて心を打つ。

山 椿 墓 に か が め ば 炎 の 香

巻末に近いところに置かれた句。若狭の秋子先生の墓へ参ったときの句ではないかと思われる。合掌をして墓碑にかがむようにしたとき、そこに炎の匂いを感じたという。墓石が、故人が、炎の匂いをさせているかのような感を受ける句である。墓は人生の終焉の姿であるが、そこを拝する人がいる限り、そこから新たなドラマが展開していくこともあり得よう。「炎の香」は、実際には線香の匂いであったかもしれないが、筆者には、秋子先生の墓を拝した水尾先生の情熱の炎の匂いであったように思えてならない。

◇

このように『徒歩禅』は、観照一気の俳句のますますの深まりを感じさせる感銘深い句集である。

（平成二十六年五月）

⑧句集『蓮華八峰』を読む

私の家の床の間には、水尾先生の揮毫した俳句の掛軸がかかっている。

五　月　晴　蓮　華　八　峰　一　握　に

落合水尾第七句集『蓮華八峰』が出版された平成十四年に、「浮野」二十五周年記念の第八回浮野大賞を受賞した際にいただいたものである。この句は、句集『蓮華八峰』の掉尾に据えられている句である。

水尾先生は『蓮華八峰』のあとがきの中で、「野に向けていた視線を少し上げたら富士山があった。その山頂の蓮華八峰を想った。それを句集名とした」と書いている。「浮野」が二十五周年を迎える輝かしい年に、句集を出版するに当って日本で最も美しい山である富士山を思って命名したものと思われる。この年、水尾先生は六十五歳。越えるべき人生の山場をすべて越えた上での出版である。

この句集には『徒歩禅』以後の九年間の作品、三七〇句が収められている。心を惹かれる句を抄出しながら、作品鑑賞の筆を進めて行きたい。

◇

五月晴蓮華八峰一握に

蓮華八峰とは、富士山の山頂を囲う八つの峰、剣ヶ峰、白山岳、大日岳、薬師ヶ岳、伊豆岳、成就岳、駒ヶ岳、三島岳を指すという。剣ヶ峰が最も高く、標高三七七六メートル。剣ヶ峰の高さが富士山の高さなのである。

「五月晴」は梅雨の晴れ間を指すのが本来の意味であるが、この句の場合は陽暦五月頃の清々しく美しい晴天を指すものと考えてよいと思う。そのすばらしい五月晴の日に、富士山を仰ぐと蓮華八峰をすべて拝することができたという。しかし、この句の場合、「蓮華八峰一望に」ではなく「蓮華八峰一握に」である。単に眺め渡すことができるというのではなく、自らの手の中に掌握できたかのように感じられたという意味に解したい。霊峰富士の山頂の八つの峰を一握にしているとは、何ともめでたく誇らしい心境である。

高校教師の職を全うし、定年退職して日本の桜の名所を巡る旅も終えて、主宰誌「浮野」が二十五周年を迎えるという作者の状況が、自らの心の中に蓮華八峰を一握にした美しい五月晴を感じ取らせたものと解したい。堂々たる風姿の明朗この上ない句である。

一月の水平線の一まぶし

平成六年の作。一月、年の始め。そのめでたい心持ちで海を見つめると、海面は陽光に輝き、水平線が一月の「一」という文字を描いているかのように感じられるというのである。大景の中の大きな一という文字が、日に輝いて眩しく読者に迫って来るかのようである。作者の明るく澄んだ心持ちが感じられる。読者の心の中までも明るくなってくるような思いがする。

素のこけし雪より生まれたるごとし

「素」には、白色、無地、生地のまま、生まれたまま等の意味がある。「素のこけし」とは、彩色する前の形を整えたばかりの、生地のままのこけしのことであろう。それは、みちのくの雪より生まれたかのように白く美しいという。彩色もなく何の飾りもない素のこけしがこのように美しく感じられようとは、意外な感を受けよう。それが作者の感性のすばらしさなのである。北国に生まれた雪のように白い素のこけし。その清らかさが心に沁みてくる。

二番目に言ひたきことはあたたかさ

「暖かくなったね」春を待ち焦がれて、春が訪れた時には、誰もがそのように言う。しかし、作者はそれが一番言いたかったことではないという。春の暖かさは誰にとっても喜ばしいこと。それでは、一番言いたかったこととは何なのか。そのことについて一句は何も語っていない。素っ気無い。一句の余白は、読者が自由に創出し埋めればよいことなのである。その余白の大きさが、この句の持つ広やかさ大らかさなのであると言えよう。「君を愛しているよ」と言ってみたくなる。

田螺みちよぢれてめぐりあひにけり

「田螺みち」は春、田螺が這った後につく航跡のようなもの。水底の泥の上にくっきりと現れているのをよく見かける。その道はまっすぐであるはずがなく、湾曲したり捩じれたりしている。その曲りくねった二本の道がめぐり合いのように出合い、交わっているというのである。それは田螺の雌雄の出合いであったかも知れない。何げない景だが、ユーモラスな表現の中にも強いリアリティーが感じられて心惹かれる。田螺の道の様子がリアルにありありと目に浮かぶのである。そして、それは人生航路の象徴のようでもあり、さまざまな出合い、めぐり合いを繰り返して行くかのようである。

なほ深き闇へと入りぬ螢狩

螢狩は、螢の明滅する光の美しさを追い求めて行われる。螢狩をする人は螢の夢幻のような美しさの虜となり、夢中で螢を追いかけて行く。そして、次第に闇の深みへ深みへと進んで行くのである。そこに何とも言えない危うさを感じるのは私だけであろうか。闇の深みに嵌って帰って来られなくなることはないのであろうか。美しいものを求めて自分を見失って行く者は、なべて危ういと言わざるを得ない。蛍狩の夜の闇の美しさと危うさとが心にひびく。

むらさきの夏蝶十三回忌なり

「角田紫陽先生十三回忌展」という前書きがある。平成六年五月、水尾先生の高校時代の俳句の師であった角田紫陽先生の十三回忌に当り、遺品展と俳句大会が開催された。俳句大会は紫陽忌俳句大会として、現在まで毎年行われている。紫陽先生の遺品展は五月十三日から十五日の三日間開催された。会場には遺影やスナップ写真が飾られ、虫めがね、龍角散、眼帯、万年筆等、故人を偲ぶ遺品が展示された。誰もが懐かしい思いに浸った。そんな折に詠まれた句である。故人への、そして十三回忌への存問の句である。

「むらさきの夏蝶」と「十三回忌」とを取り合わせただけの単純な構造の句であるが、用言を多用してひねった句とは異なる強さを備えているように思う。名詞にものを言わせた句の強さがそこにある。紫陽先生は紫色が好きであったという。「むらさきの夏蝶」は亡き紫陽先生の魂の生まれ変わりのようで、輝いて見える。夏蝶の美しさが読者の心の中で光を放つ。

居ながらに見ゆる花火を出ても見る
揚花火誰の前にも真正面

夏の終りを告げるかのような揚花火。野に谺して胸に来る音にも、野の空を一瞬のうちに彩って筋を引くようにして消えて行く姿にも風情がある。この句の作られた平成六年頃は、加須市でも花火大会が盛んであった。この二句は花火の美しさを描くと共に、物事の真実の姿を読者に突き付けて見せてくれる力のある句である。

「居ながらに」の句には、家の軒先に居ても見える花火を、やはり野へ出て見なくては気の済まない人の心の真理が描き取られている。また、そこに花火の美しさを趣深く描出している。「揚花火」の句は、花火そのものの、誰も気づくことのなかった真実の姿を描き取っている。揚花火には裏も表もない。見る人の立った地点が常に正面なのである。「誰の前にも」の中七が力強い。誰もが経験していながら、誰も確かには認識し得ていない真実。それを発見して描き取っているところに、水尾俳句の深みを見る思いがする。

窓際に定年が来る小鳥来る

平成九年、教師として最後の年の秋の作品。定年退職が迫って来ている。この句では「窓際に」の上五に諧謔味が感じられる。それは、「窓際族」という言葉に通じているからである。窓際族とは、部屋の窓際に席を与えられ、仕事の中軸から外されて過ごす中高年のサラリーマンを揶揄した言葉である。水尾先生は教師生活の晩年に至るまで、社会福祉科の主任を務めるなど多忙を極め、実際には窓際族とは縁の遠い立場にあったのであるが、「窓際に」がこの句を面白くしているのである。

「来る」のリフレインが一句のリズムをよくしている。それは、定年が来る速さを物語っているかのようでもある。「小鳥来る」は美しい季語である。まるで恋人がやって来たかのような美しい安らぎが「小鳥来る」には感じられよう。秋の深まりと共に、身に迫って来るものがひしひしと感じられたのである。

少女像トウシューズより雪しづく

水尾先生の勤めた不動岡誠和高校には、中島睦雄先生の作られた美しい乙女の像がある。その彫像はバレリーナのような姿でトウシューズを履いている。可憐さの極まる彫像である。そのトウシューズの先から、雪雫がしたたり落ちているのを発見したのである。清冽な美しさに引きつけられる。美しい年頃の生徒たちを相手にする高校教師の目が捉えた作品と言えよう。

はるかなる奈落に花の一寺あり

「日本列島花の旅十五句」の中の「吉野」と前書きのある一句。平成十年春、水尾先生は不動岡誠和高校を最後に定年退職した。退職を記念して、日本中の桜を見るべく、沖縄から北海道まで桜前線を追いかける旅に出ている。この一句はその折、桜の名所・吉野での作である。はるか向こうの奈落の底のような低い位置に寺があるのが見える。寺は満開の桜に覆われるようにして存在し、花の雲の中に揺蕩うように目に入ってくる。「花の一寺」の簡潔な言葉が、読者を吉野の桜の美の世界へ導いてくれる。遠くに見える桜の中の一寺院に旅のロマンが秘められているかのようで、何とも美しい。句の姿も声調も美事に整っている。

蟬声や地より湧き来る兵馬俑

平成十年八月二十日から二十五日までの六日間、「浮野」創刊二十周年記念吟行会が行われ、水尾先生を中心とする一行が中国の西安、敦煌、上海を巡る旅に出た、その折の作品。「兵馬俑」は、昭和四十九年に中国陝西省にある秦の始皇帝陵で発見された陶俑陶馬である。兵馬俑坑は、東西二三〇メートル・南北六二メートルという規模の大きさで、等身大の士卒や軍馬などの陶俑が既に六〇〇〇体発掘されているという。

じりじりと暑い日、油蟬が鳴いている。それが「蟬声や」である。その暑さの中、まるで地から無尽蔵に湧き出たかのように兵馬俑は存在していたというのである。その威容に接して作者は何を思ったのであろうか。秦の始皇帝の恐るべき権力と支配精神に魂を震撼させ、権力の蔭で辛苦に喘いだ民衆の悲しみを思ったに違いない。異国の旅で出会った大きな感動を五七五の詩型に収めて揺るぎがない。水尾先生の詩精神の逞しさに打たれる。

月出づるらくだのこぶの暮れゆけば
夕焼の真中に妻の乗る駱駝

八月二十三日、中国吟行会の四日目、飛行機で砂漠を越えて中央アジアのオアシスの都・敦煌に到着。莫高窟を見学した後、駱駝に乗って砂漠を越えて鳴沙山に向かう。その折の句。一行は、シルクロードを駱駝で行き来した古代の人々と同じ体験をしたことになる。

「月出づる」の句では、駱駝の瘤が黒いシルエットを描いて暮れて行くと、異国の月が砂漠の上に輝き始める。古来から歴史の中で西域と呼ばれていた土地に足を踏み入れたのである。異国情緒と旅のロマンが匂い立つような句である。駱駝の瘤の暮れて行く様がリアルである。
「夕焼の」の句では、夕焼けの中を女人を乗せた駱駝がゆっくりと進んで行く。夕焼けの中の駱駝の姿がありありと描かれていて、読む者に強い印象を与えている。一行は「月の砂漠」の歌を、矢島蓼水さんの尺八の演奏に合わせて歌って旅情を慰めたという。はるか彼方まで思う様旅をした満足感を、異国情緒の中に感じ取ることのできる作品である。

煤逃げの一歩を猫に嗅がれけり

「煤逃げ」は、年の暮の煤払い等の大掃除の際に、それを逃れるために外出してしまうことである。煤逃げをしてしまおうとしたとき、その足を家の猫に嗅がれてしまったのである。「煤逃げ」は人間の滑稽と悲哀を象徴する季語であるが、そこに猫が登場してくると、一句は一層諧謔味を帯びて来る。『吾輩は猫である』に出て来る猫のように、主人のことは何でも知っている猫なのであろう。それ故に、煤逃げの後ろめたい気持ちを察知した上で、その足を嗅いでいるのではないか。温かみのあるユーモアが読者をほっとさせてくれる。

茎立ちてふつと真昼のひとりかな

暖かくなり、蕪、大根、菜などの花茎が伸びて薹が立つ状態になったのを「茎立」という。この句ではその季語を「茎立ちて」と、動詞として用いている。すっかり春が深まった季節。その静かな真昼どきに、自分がひとりきりで机に向かっていることを驚きと共に自覚したというのである。今までは、教師として大勢の生徒たちと共に過ごして来ていたのである。春の真昼どき、ひとりで居ることは稀であったのだ。春という自然の勢いの盛んな時だけに、自分自身の孤独が身に沁みて感じられるのである。感覚を研ぎ澄まして自らを見つめる目を持つ者でなければ、このような感慨を詠むことはできない。深みのある作品である。

学校に行つてみたくてつくしんぼ

退職から一年が経った平成十一年春の作。「つくしんぼ」は土筆《つくし》の異称。土筆の伸びる春ともなると、職場であった学校に行ってみたいという思いが頭を持ち上げて来るのである。水尾先生は三十八年間教壇に立ち続け、最後まで授業を行い、生徒たちと共に学校にあった。そういう教師としての自分を忘れ去ることができないのである。教師という職を愛し、学校を生徒を愛して来たのである。そういう自分を、土筆を見るときに自覚するのである。これも人生諷詠の一句である。

夕ざくら母の湯加減我に合ふ

桜の花の明るい夕べ、母の入った後の風呂の湯加減が自分にちょうどよいという。職を退き、還暦を過ぎても身近に母が存在することのすばらしさ。「母の湯加減我に合ふ」は、そういう母の存在に対する感謝と讃美の思いから生まれているように思う。母を愛し大切にして生活している作者の心の安らぎが感じられて、読者をも温かくしてくれるかのようである。

　コスモスや決まる時には婚きまる
　嫁ぐ娘へ抱くほど剪りぬ秋ざくら

長女・加世子さんの結婚に際して詠まれた句。コスモスの美しい季節に、加世子さんは嫁ぐことになった。「決まる時には婚きまる」の「決まる」「きまる」のリフレインが、父としての喜びと縁というものの不思議さとをしっかりと表現しているように思う。気持ちの良いようなリフレインである。
「抱くほど剪りぬ」には、娘の門出を喜び祝福し、すべてを持たせてやりたいような父親としての情が感じられる。コスモスの美しさを胸に、幸せになって欲しいという思いを込めて詠まれたものと思う。

　セーターを上りて乳房止まりけり

乳房がセーターを上って行くとはどういうことなのかと、思わずはっとして引き付けられる。「乳房止まりけり」に強い異相性が感じられる。その異相性が、一瞬にして読む者の心を捉えるのである。乳房がセーターを上って行くのは、セーターを着ようとして、セーターを頭からかぶって下へ移動させているときの様子であると、読者は少ししてから気づかされる。セーターの動きを中心に描くのではなく、セーターを着ようとするときの乳房の存在を中心に据えて描くことで、この句の核も異相性も作り出されているのである。その根底には、ものごとの本質を常にしっかりと観ようという心の働きが関わっているように思う。作者の対象を見つめる目の力に感心させられる。その力が作品の迫真力となって、読者に強い印象をもたらすのである。

こんなにも菜の花土手でよいものか

加須の街から利根川までの道程には、七つの野川が横たわっている。その中の何本かの川の土手は、春になると菜の花で埋め尽くされる。川土手の斜面が菜の花でいっぱいになるのである。菜の花土手は、はるか上流の野から下流の野へとどこまでも続いている。その景観は美事で、そこに立つと郷土の風光のすばらしさに強く打たれる。その感動の思いをこの句は「こんなにも」という言葉に託し、「よいものか」という自問の形で強調して表現している。故郷の景を讃美している句であるが、「よいものか」という語調には、そこはかとないユーモアと余裕が感じられる。そこが、句集『平野』の頃の描き方とは少し違う。

露ぽつとのぼりつめたるごとくあり

深い観照から生み出された句である。露はときに、植物の葉の先やいちばん上の高い所に輝いていることがある。私は「浮野」の夏行俳句大会の第一夜、大桑地蔵盆の俳句大会の折に、稲の葉の先端に露が光っているのを見たとき、この句のすばらしさを実感した。この句のリアリティーに打たれる思いがしたのである。この句では、ものの先端のいちばん上の方にある露の様子を「のぼりつめたるごとく」と表現している。これは、今まで誰も認識し得ていない露というもののあり方である。今まで誰もが見落としてきた情景である。「常凡の目が取り落とした世界」がここにある。学生時代から親交のあった俳人、原裕さんのお墓に参った時の句であるという。

舞ひ降りぬ羽子とどまりしところより

「羽子とどまりしところ」とはどこなのか。その答えは高浜虚子の俳句の中にある。

大空に羽子の白妙とどまれり　虚子

虚子は、羽子突きの羽子が高く上がり、まさに落ちようとする一瞬を見つめて、その瞬間の映像を捉えて句としている。そして、お正月のめでたい空の青さと羽子の白さの色彩的なコントラストを強調するために、「白妙」という古語を用いているのである。頂点に達した羽子が、大空に一瞬留まるようにして舞い降りて来るところを、掲出句は描き出しているのである。先人の作品を踏まえて自らの句を詠むことも、一つの芸であり技である。先人への存問ともなろう。行き届いた表現の妙に打たれる。

炎天下歩きてやまぬ像ひとつ

羽生市にある田舎教師の像（法元六郎作）を詠んだ句。この辺りは、田山花袋の小説『田舎教師』の舞台になった土地である。そこに立っている田舎教師像は、和服姿で風呂敷包みを提げ、前方を見つめ半歩踏み出すような姿をしている。師範学校に行くという志を果たすことができないまま、田舎教師として病没して行った主人公は、今も自らの将来を夢見て、前へ前へと歩もうとしているかのようである。

この句は、そんな田舎教師像の歩き続けようとする姿を、永遠に封じ込めるように描き取っている。生涯一教師であった水尾先生は、この彫像の歩き続ける姿に心惹かれたのではないだろうか。ご自身は教職を退いた後も、観照一気の俳句の道を一心に歩んで行こうとしているのである。

手を深くとりて月下の杖となる

「湯沢」の前書きがあるが、「浮野」の谷川集同人の舩田千恵康さんとの縁によって生まれた句と伺っている。千恵康さんは中学校の国語科の教師で先頃定年退職した人であるが、不慮の事故のために身体にいささかの障害が残っている。その千恵康さんと水尾先生が越後湯沢に旅行し、同じ湯に浸かったときのことを一句にしたものである。千恵康さんが風呂から上がろうとしたときに水尾先生が手を取って、杖の代わりとなって千恵康さんを介助したというほどの意味合いである。堂々とした姿の句である。

「手を深くとりて」には深い情感がこもっている。「月下の杖」という言葉が何とも力強く、輝いて感じられる。千恵康さんの介助をしたことは先生の優しさであり、自然な成り行きであったと思われるが、そういう一瞬に心をとめて一句を詠ずるのも観照一気の力である。それは禅機のように鋭く、壺を外さない。

教へ子とその母と草取り終る

平成十四年の作。巻末近くに収められている句であるが、この句を揮毫していただいた色紙が私の手許にある。平成十四年には私の母もまだ元気であった。毎年七月のはじめ頃、私の家の近くの不動岡高校記念碑公園にある水尾先生の句碑の周りの草取りをするのであるが、そのとき私と母が手伝いに出たのである。私は不器用であり草取りは上手ではなかったが、母は若い頃から農業に勤しんでいたので、草取りが早くて上手であった。母のお蔭で、師弟句碑の草取りはスムーズに終えることができた。

そのときの様子を詠んだのが掲出句である。「草取り終る」の下五が何とも清々しい。母が亡くなって三年が経とうとしている。この句は亡き母を偲ぶのに誠にありがたい一句である。この句が『蓮華八峰』に収められていることが、とても嬉しく感じられる。

◇

この原稿を書くために『蓮華八峰』を心行くまで読むことができた。それが何よりの幸せである。私の力では句を取り上げて鑑賞を試みることしかできなかったが、『蓮華八峰』は水尾俳句と観照一気の深化と底力を感じさせるすばらしい句集である。その感銘を胸に、筆を擱くこととする。

（平成二十六年八月）

⑨句集『浮野』を読む

落合水尾第八句集『浮野』は、第七句集『蓮華八峰』出版の三年後の平成十七年六月二日に出版されている。水尾先生が六十八歳のときのことである。

あとがきの中で水尾先生は、

句集名は『浮野』とした。主宰誌名を句集名に選んだのには格別の意味はない。強いて言えば未練。初心に還ろうとする自覚を新たにしている。

と述べている。句集の帯には「浮野」創刊号に寄せた詩人・宮澤章二の「水の声」という文章の一部を採用している。水尾先生が自らの歩みをふり返り、創刊当時の初心に還って新たな一歩を踏み出そうとする決意の下に出版した句集である、と考えることもできよう。また、俳句は気を形象した省略のドラマ。気色を余韻余情とした、あたたかさと強さと何気なさ。伝統俳句のこころを大切にして、一道をゆっくり行こうと思う。

と述べ、観照一気の俳句の道を歩み究めて行こうとする決意を述べている。句集を出版するということは、その度に初心に還り、新たな自己を発見して行くということなのかもしれない。

句集『浮野』は「青」「谷」「野」の三章から成っている。収録句数三五三句。本句集は後日、文學の森俳句大賞準大賞を受賞している。

◇

句集『浮野』を繙いて行くと、ゆったりとした落ち着いた調べや柔らかく自在な諷詠、自然と調和した無理のない諷詠に心を打たれ、作品世界へと引き込まれて行く。一句一句は、何の苦しみもなく自然に作者の口をついて生まれて来たような印象を与える。芭蕉の言う「なる句」の世界が、ここに開けているように感じられる。

ポピーポピーつぼみは重く花軽く

『浮野』に収録されたこの句に、観照一気の一つの典型を見る思いがする。ポピーは雛罌粟の花の通称。花は皺のある薄四弁花で、いかにも軽い感じである。それに対して、蕾は固く青く重い感じがする。そこに詩を発見して一句に描き取っているのである。

この句は、科学における真実とは異なる。いわば詩的な真実を捉えることによって成立している。ポピーの蕾が重く花が軽いということが、科学的に事実であるかどうかということは問題ではない。作者がそう感じ、万人がポピーを見たときに感じる真実を突いているということが肝心なのである。この句はそういう詩的な真実を捉えているのである。それを人はリアリティーとも言う。

このような発見は、対象に向ける作者の深い観照によって生まれてくるものである。そして、真実の一点を描くことで詩を生む。あとは一句のリズムを整えればよいのである。上五を「ポピーポピー」としたことによって、この句に軽やかさが生まれている。この句は観照一気の一つの典型を示しているかのようである。これだけ観照を深めて行くと、掲出句のように季語だけを単一に詠んでも、十分に詩を成し得るのである。

同じように対象を深く見つめた句に次のようなものがある。

寒垢離や瀧をのぼりて行くごとく

「や」の切字があり二句一章の句の形を取っているが、内容は「寒垢離」という季語そのものを単一に描いた作品である。「寒垢離」は寒の三十日間、滝に打たれたり井戸水を浴びたりして邪念を祓い、神仏に祈願する荒行である。行者の白装束が見えてくる。行者は合掌しながら経を唱え、落下する滝に打たれている。その寒気と水の圧力に耐えながら一心に祈念しているのである。滝は休むことなく、容赦なく行者を打ち据える。滝は上から下へ流れ続ける。滝の動きを見るのでなく、行者の姿を中心に凝視して行くとき、行者が滝を遡って行くように感じられたのである。それが「瀧をのぼりて行くごとく」の比喩表現となった。観照を深め見つめることから生まれた句である。

とどこほる音を貫き瀧落つる

滝の音は常に滝の周りに充満していて、動き出すことも流れ去ることもない。それが「とどこほる音」である。その音を貫くようにして、滝は激しく雄渾に落下し続けているのである。「音を貫き」と表現し、滝を動的に描き出すことで、滝の迫力、躍動感、涼しさ等を全面に出すことができた。詩情の横溢した一句である。滝が自らの音を貫いて落ちているという発見も、滝を凝視する力が素になって生まれている。

背泳ぎに変はりて水を枕とす

競泳の一場面を想起する。背泳ぎに変わるのであるから個人メドレーか。「水を枕とす」の発見が美事である。背泳ぎは顔を上に向けた泳ぎである。水を枕のようにして、軽々と力強く、悠然と泳いでいるのである。オリンピック選手のような上手な泳ぎ手でなければ「水を枕」にすることはできないであろう。「変はりて」と視点を変えた表現も絶妙である。普通の人は、背泳ぎが水を枕としていると見定めるところまで泳ぎを見つめることはない。常凡の及ばない俳人の力、眼力が働いているのである。この句も一物仕立ての句であり、「泳ぎ」という季語のみを単一に描いて成功している句である。

いなごよりじつとしてからいなごとる

「いなご」は秋に発生するバッタの一種で、稲を食べる害虫である。人々は駆除のため蝗を取り、それを佃煮にして食べることもある。その蝗取りの様子を一句とした。蝗も跳ぶまではじっとして動かないが、それを捕えようとする人間は、蝗よりも長い時間じっとして蝗を見つめ、狙い澄ましていなければならないという。その真実を捉えることで、この句の詩的な核が形成されている。物事の本当の姿を見つめ、描き出そうとする作者の姿勢が詩を生んでいるのである。

目を転じると、句集『平野』の世界を引き継いだような、郷土の風光を描いた作品に心を捉えられる。句集『浮野』もまた、郷土の風光に対する讃歌が基調となっている。作品は年を経てますます深いものとなっている。

草いきれ濁流の照る一蛇行

利根川の雄大な景が目に浮かんでくる句である。真夏の利根川は河原に青草がきりもなくはびこり、息もつけないような草いきれの中にある。川はそこを悠然と蛇行しているのである。中七の「濁流の照る」の動的表現が鮮やかである。真夏の利根川の濁流が、強い日差しを反射しながら輝き渦巻き、ごうごうと流れているのである。利根川という大河の持つ大いなるエネルギーが、人間の力の及ばない大自然の姿が、力強く描かれている。「一蛇行」の下五の体言止めの表現が何とも力強い。

うららけしはるけし利根とともにあり

郷土埼玉の北を東西に流れる利根川。昔も今も、北埼玉の郷土の生活は利根川と共にある。一望の水田を潤すのも、私たちの飲む水も利根川の水である。「うららけし」は、そういう利根川の恵みを穏やかな春の季語で表現したものであろう。「はるけし」は郷土の歴史のはるけさであり、利根川の景の大きさから来るはるけさであろう。利根川の土手が一線を引いてはるかに見えるのが郷土の一景である。利根川の土手に立てば、上流も下流も対岸もはるかである。「はるけし」からは、霞むような大河の景が目に浮かんでくる。

利根へ二里冬萌ゆる野の七つ川

「利根へ二里」は、作者の家から利根川までの距離であろうか。そこから利根川に行くまでの野には、七つの川が流れているという。そしてそこは「冬萌ゆる野」である。冬でありながら草木が芽を出し、萌え出でようとしている野がそこにある。作者の郷土を愛する思いが結晶している句である。「七つ川」の七という数字の魅力にも心惹かれる。

水流れ光の春を野に通す

早春。「光の春」は、光のみが春を告げているという、二月頃の季節感を表しているように思われる。乾ききって砂煙を上げる二月の野を、川が日に輝きながら流れて行く。その水の光に作者は

「光の春」を感じたのである。早春の野の懐かしくも美しい姿が、読む者の心を捉える。

平遠の野辺のかぎろひ初筑波

「平遠」は、土地が平らで遠くまで眺望がひらけている様をいう。水尾先生は毎年、元日の朝、まだ夜が明けないうちに加須の浮野の里の近くの野道を、初日を迎えるために歩いている。その折に作られた句である。「かぎろひ」は、しののめの頃の曙の光のことである。どこまでも眺望のひらけた野に、初日の昇る前の曙の光が差し、そこに紫紺の筑波山が遠望できるという。寒気の中に元旦の淑気も満ちていよう。郷土の風光の最も楽しい一瞬が、美事に切り取られている。動詞が一つもなく、名詞を連ねた表現でありながら、整った調べと美しい映像性が感じられ、一句の世界に引き込まれる。

郷土を描きながら、挨拶ごころの感じられる句もある。

一川を通す学校夕ざくら

水尾先生が定年まで勤務した不動岡誠和高校の一景を描いた句。不動岡誠和高校は加須市と羽生市の境目の野にある学校で、四季折々、野の風光が楽しめる。校内を古利根川（会の川）が横切って流れている。さくらどきの景は美事で、川の両岸の桜並木から花びらがはらはらと散り込む様は特に美しい。川土手の菜の花も美しい。その景を印象深く描き取ることで、自らが勤めた学校に対する思いを表現している。埼玉の一教師に徹した自らの人生をふり返る思いも込められていよう。

この句は不動岡誠和高校（現・誠和福祉高校）の校内に句碑となって残っている。

あたたかし空も大きくなるごとし

この句は、市民プラザかぞの竣工に際して市民の心を潤す句を作って欲しいという、市の依頼に応えて作られた句である。今は石盤に彫られて、市民の目のとどく市民プラザかぞの一階に掲げられている。春の暖かさに、大空もますます大きくなって行くようであるといった句意である。余計なことは一切言わずに、省略することによって内容に広がりを持たせている。一読、暖かさの中で体も心も大きく広がって行くような明るい印象を受ける。自然の恵みの中で、加須市も市民も、すべてが大きく育って発展して行くようにという、作者の思いが込められている。

小鳥来る五十年目の市に野辺に

加須市制五十周年への祝意を込めた句。「市に」「野辺に」の「に」の繰り返しのリズムがよく、軽やかな句となっている。秋の季語の「小鳥来る」が祝意を秘めて働いているように思う。幸せが小鳥の姿となって向こうからやって来るような印象を与える。挨拶ごころの深い句である。
家族を詠んだ句も句集の中で光を放っている。年老いたご母堂を詠んだ句がまず心を捉える。

わが妻を恋しがる母松おぼろ

年老いた母上は、長男の嫁であり一家の主婦である先生の奥様を頼りにしているのである。そして、その姿が見えなくなると声を出して呼んでみたりする。「恋しがる母」の表現が詩的である。お嫁さんのことを、まるで恋人を慕うように慕い大切にしているのである。そこに、長年馴れ親しんだ家族というものの絆と情愛が感じられて、読む者の心を打つ。「松おぼろ」の季語の取り合わせもよく、味わい深い句である。

螢はるけしゆったりと母ひとり

遠くを飛んで行く蛍の美しさ懐かしさ。「母ひとり」と「螢」との取り合わせが郷愁を呼び起こし、胸を打つ。母在りし日の懐かしさ。しみじみと心に染みる句である。句またがりのリズムを生かした作品である。

妻を詠んだ句として、次の二句が印象深い。

春の雲おーいと呼んで妻を呼ぶ
初茜はるかを妻の来つつあり

一句目、「おーい」と呼ぶだけで事足りる妻の存在の親しさ、いとしさ。長い間馴れ親しんできた妻への親愛の情が、おおらかな語調の中に結晶している。「呼んで」「呼ぶ」のリフレインも軽やかに心に響く。「初茜」の句も同様に親しみ深い。一年の始まる元旦の茜空の下を、はるか彼方から妻がこちらに向かって歩いて来ようとしているのである。日の出前の茜の空の色に、その姿が染まっているかもしれない。「来つつあり」の表現の中に、妻の来る喜びと心強さが秘められている。

句集後半には、初孫の誕生、長男・雅人さんの結婚といった人生の慶事に際して詠んだ句が続き、句集全体の世界を明るくしている。

　産まれくる子を待つ雛もみんな待つ
　つくしんぼ男の子のしるし上げて泣く

平成十六年春の句。生まれて来たのは長女・加世子さんの長男・荒井秀之さんである。「待つ」のリフレインが、初孫誕生への期待感を弥が上にも高めて感動を深くしている。生まれて来る子を待っているのは作者であり、家族全員であり、宇宙のすべてでもあろう。「雛もみんな待つ」の表現がそう感じさせるのである。生まれて来る子への深い愛と祝意が込められた表現である。
二句目は、男児誕生の瞬間を印象深く描いている。「つくしんぼ」は土筆の異称であり、春の季語として男児誕生と響き合っている。「男の子のしるし上げて泣く」が一つのドラマを感じさせるような力強い表現となっている。

　スタンドは空席の冬婚祝ふ

「結婚祝賀野球試合後楽園」との前書きがある。長男・雅人さんの結婚を祝うべく、球場を借り切って野球の試合をしたと伺っている。その折の句である。水尾先生は中学生の頃、野球部に所属しキャッチャーを務めていたと伺っている。また、教師となってからも十年近く野球部の顧問をされていた。長男の雅人さんも少年時代は野球選手であった。そういう事情の下に、スタンドを借り切っての試合を行ったのである。家族、友人が集まっての楽しい一時を過ごしたのであろう。「空席の冬」の異相性が、結婚を祝う句として読者に強いインパクトを与えていて、印象鮮明である。旅吟にも、深い観照に根ざした秀吟が多く見られる。

半天は山全天は梅の花

広大な梅林の景が目に浮かぶ。視野の半分を占めるのは山の姿である。そして、全天を占めているのは白い梅の花である。紅梅も点在して輝いているかもしれない。山の斜面も作者の立っている地面も、すべて梅の花に埋め尽くされている。「全天は梅の花」は誇張表現であるが力強い。青空までもが梅の花に埋め尽くされているような印象を受ける。馥郁たる梅の花の香気が作者の全身を包み込む。「半天は――」「全天は――」の対句的な表現が、一句を力強いものとしている。

瀬がしらもあかつきのいろ山ざくら

五月の谷川岳山麓俳句大会の折の句である。大会二日目。まだ夜の明けきらないうちに起きて句作に励む。利根川の源流となる清冽な雪解水が、宿の下の渓谷をほとばしり流れている。谷川岳から流れて来る水である。それを見つめる作者の姿がある。瀬がしらも夜明けの茜色に染まっていることに気づく。山桜も暁の色に染まって、その紅を深めている。自然の醸し出す最も美しい一瞬を狙い澄まして、切り取って描き出しているのである。美しいだけでなく一つのロマンを感じさせる叙景句である。

無人駅月より降りるかぐや姫

旅の途中の無人駅。作者もその駅に降り立ったのであろうか。そこに美しい女人の姿を見る。幻のようでもある。中天に秋の月が美しい。月からかぐや姫が降りて来たのではないだろうか。すべては旅の途中の夢幻のようでもある。想像力を働かせて夢を描いてみせたような一句である。無人駅も月もかぐや姫も、大いなるロマンチシズムを醸し出して、読者の心に迫ってくる。

月の鹿月より出でしごとく立つ

秋の月夜の奈良公園を思う。東大寺も春日神社も若草山も月明りの中にある。美しい鹿が月光を浴びて立っている。まるで月の世界から抜け出して来たように美しい鹿である。月の夜は静かに広がっている。古代の歴史の中の一夜のように、すべてが美しく静寂につつまれている。「月より出でしごとく」の表現にロマンを感じる。鹿の姿の清らかさが心に残る。

これらの旅吟は、いずれもロマンチシズムが薫り立つような作品である。

水尾先生が自分自身を詠んだ句にも、注目すべきものがある。

白寿まで生くる覚悟の寒灸

「白寿」は九十九歳のこと。優れた俳句の作者として、俳誌の主宰として、険しい道をどこまでも突き進んで行こうとする作者の覚悟が胸にひびく句である。全生涯を俳句と共に生きようとしているのである。切れのない一句一章の句で、特に力強さを感じさせる。込められた思いの強さが、一句の姿をさらに力強いものにしている。

春の雲一誌抱きて郷を出ず

一誌とは俳誌「浮野」のことである。高浜虚子は東京に出て「ホトトギス」の経営に当ったが、水尾先生は母郷の加須の地を出ることなく、「浮野」の主宰として活動を続けておられる。郷土を愛し、郷土を詠み、郷土の文化の振興を計りながら、この地を出ることなく生を全うして行こうと思っている、という句意である。自らの生き方に対する自負と誇りと覚悟が感じられる句であり、句集『浮野』の代表句と言えよう。人生諷詠の一句である。

菜の花や野を横たふる七つ川

第八句集『浮野』はこの句を掉尾として終っている。明るい春の野の景がひらけてくる。

◇

処女句集『青い時計』に始まる水尾俳句は、大河の流れのように続いている。観照一気の俳句の道は、第九句集『日々』へと続いて行く。

（平成二十七年一月）

⑩句集『日々』を読む

落合水尾第九句集『日々』は、第八句集『浮野』の出版から五年後の平成二十二年五月五日に、角川平成俳句叢書の一冊として出版されている。句集『日々』には、平成十七年から二十二年初めまでの四一七句が収められている。

あとがきの中で水尾先生は、

若いものは老いる。新しいものは古くなる。形あるものは滅びる。これは如何ともなしがたい自然の掟で、〝もののあはれ〟の思想はそういう日常生活の中から生れた。

という白洲正子の言葉を引用している。そして、ご自身が古稀を迎えられたことに触れている。句集『日々』の出版は、水尾先生が七十三歳のときのことである。七十歳代は誰もが老いを感じる年齢であるが、人生のさまざまな出来事を経験し乗り越え、俳人として表現者として、最も勢いに乗った時期であるとも言えよう。白洲正子の言葉は、万物の無常と、無常であるがゆえにすべてが美しく感じられるという、水尾先生自身の心境をも物語っているものと考えられる。

水尾先生は、

その過ぎて行く日々を深く心にとどめて、その一瞬の光りを愛しみのうちに詠じて来たのが私の俳句である。観照一気の俳句を、そして情感のある表現をと願っている。

と、ご自身の俳句観に触れている。過ぎ去って行く日々の中の一瞬の光を詠じるのが俳句なのである。そこに深い共感を覚える。また、

『浮野』につづく第九句集名を『日々《にちにち》』とした所以もそこにある。四一七句。日々是好日。句と遊ぶ自分が、十七音の詩から見えてくるとしたら、それにまさる喜びはない。

と述べ、句集名の由来と自らの心境について述べている。

平成十八年には埼玉文化賞を受賞するという喜びがあった。平成十九年秋には主宰誌「浮野」が創刊三十周年を迎え、記念式典が盛大に行われた。そのような中で、平成十八年には母上を亡くされるという悲しみがあった。

母逝きて三年余。親孝行の何ほどのこともできなかった私である。ここに謹んで、これを今は亡き母に捧げる句集としたい。

と述べ、『日々』が亡き母上への鎮魂の思いを込めた句集であることを明らかにしている。第八句集『浮野』と第九句集『日々』が、俳人協会賞の最終候補となったことも付記しておく。句集『日々』を繙いて行くと、俳句というもののその表現力の魅力に心奪われるものがある。特に感銘を受けた句について書いて行きたい。

◇

セーターはジャンヌダルクのごとく着る

巻末近くに置かれた句。平成二十一年の作。直喩表現の妙味に打たれる。ジャンヌ・ダルクはオルレアンの乙女。中世フランスの救世主であり、悲劇の聖女である。ジャンヌ・ダルクのごとくセーターを着るのは誰なのか。麗しい乙女の姿が思い浮かぶ。

創造は想像力より生まれるものとの認識を深くさせられる。この句の比喩表現も豊かな想像力より生まれている。ロマンチシズムの横溢した一句であり、作者の詩性の豊かさに惹きつけられる。「観照一気」は、凝視して写し取るといった単純な技ではないということを改めて考えさせられる。それは、想像力を一杯に働かせた中から気の形象を諷詠することであり、作者の全人格的な豊かさが求められるものであると再認識させられる。ジャンヌ・ダルクのごとくセーターを着るその人に、恋い焦がれてしまいそうな句である。

同様に斬新な発想に基づく比喩の句が、本句集には多く見受けられる。

蛸壺を出て来るごとし阿波踊り

平成十九年の作品。「阿波踊り」は四国の徳島市周辺の盆踊り。「踊る阿呆に見る阿呆……」の歌詞に合わせ、大勢が列をなして町中を踊り回る。その手付、足の動かしようには独特のものがある。手足をくねらせながら前進して行くのである。それを「蛸壺を出て来るごとし」と表現したのである。蛸壺から出てくるのは蛸である。脚をくねらせて出て来る蛸は、面白くもあり滑稽でもあり、グロテスクでもある。それをそっくり阿波踊りに当て嵌めた。本当に阿波踊りとはそんな感じだと納得させられてしまう。

比喩表現が句を成立させるに当って大切な条件は、比喩に意外性があること、そして真実味があることだと以前にも述べたが、この句の比喩はまさにそれに該当しよう。その上に滑稽感もあって、本当に面白い句になっている。これは誰にでも真似のできるものではない。

大仏の入水のごとし冬怒濤

平成二十年の作。「竜飛岬十二句」と前書きのある中の一句。竜飛岬は津軽半島の北端の岬。津軽海峡に突き出た本州北端の地である。〈道尽きて岬突き出す吹雪かな〉の句もある。極寒の吹雪の津軽を、水尾先生はひとり旅で訪れたのである。海は大荒れで唸りを上げる強風の中、巨大な怒濤が岸壁にぶつかり、しぶきを上げて砕け散っていたのである。それを「大仏の入水」と表現した。

「入水」は水中に身を投げて自殺することであるから、この怒濤は大仏が身投げしたときのような荒れ方だというのである。この比喩の発想は何とも斬新である。誰も思いつかないような比喩で、一句を力強く成立させている。太宰治の入水のことも頭をよぎる。「大仏の入水」は滑稽感をも伴っている。

こぼるるは海の花びら桜貝

平成二十一年の作品。手からこぼれた桜貝は「海の花びら」そのものであるという。隠喩。言われてみれば、桜貝は花びらそのものである。ただの花びらではなく、「海の花びら」としたところに妙味があろう。海が花びらを生み出しているかのような印象を与えるのである。そこに、この句の高い詩性が感じられる。柔軟な発想の句である。春の海が、桜貝がうっとりするほど美しく描き出されている。

火口湖の紺もたけなは夏の果

平成十七年の作品。この「火口湖」はどこのことであろうか。志賀高原の白根山の火口湖や蔵王の御釜などが、すぐに頭に浮かぶ。いずれも色鮮やかな湖である。「たけなは」とは、物事の一番の盛りの頃を指す言葉である。高原の避暑地の季節は夏を終えて秋へと移ろうとしている。そして湖はいよいよ紺を深めようとしている。「夏の果」には、夏という激しい季節の終りの虚脱感のようなものが感じられる。「紺もたけなは」の表現が詩的である。火口湖の色とともに鮮明な印象を与える句である。

一つづつ卸し流灯かぎりなし

平成十七年の作品。「流灯」は秋の季語で、灯籠流しのこと。盆の十五日または十六日に、灯籠に灯を点じて川や海に流す精霊送りの行事を指す。たくさんの灯籠が大切に一つ一つ川岸から水面へ下ろされて行く。そして一つ一つの灯が夕闇の中へ流れ出し、ずっと河口の方まで列を作って遠く連なっているのである。流灯の一つ一つに、失ったものへの思いが込められてもいよう。もの寂びた秋の美しい景を丁寧に描いて、人を惹きつける句となっている。「かぎりなし」の詠嘆が胸に迫る。

一点をみつめて雛瞬かず

平成十八年の作品。雛というものの静かな存在が、身に迫るようにありありと読者の前に浮かび上がって来る句である。雛は余所見はしない。遠くの一点を見つめているのみである。そして、まばたきをすることもない。そこに存在する限りこの状態は変化しない。雛が静かな永遠の存在であるかのようにさえ感じられる。ものの存在の本質をしっかりと描くことで一句を成立させている。観照一気の俳句である。

瘦杭の節とび出しぬ虎落笛

平成十九年の作品。「虎落笛」は冬の季語。冬の烈風が柵、竹垣、電線などの物に吹きつけて、笛のような音を出すことを言う。荒寥とした枯野の景が、一本の杭を描くことでありありと浮かび上がる。枯野の中の水も涸れかけた沼面。朽ちた棒杭は痩せて、節が突き出たような形で風の中に存在している。「節とび出しぬ」に見定めの確かさが感じられる。身に引き付けてものをよく観る。そしてものの存在の本質を見極め、その一点に詩情を発見して行くのが水尾俳句である。

踏青の終りに雲にでも乗るか

平成十八年の作品。春もたけなわとなると、野にも山にも明るい光が差し、風景はあたたかく安らかなものとなる。柔らかな日差しを受けて野山を歩き、青々とした草を踏み、春を満喫するのが「踏青」である。作者はのんびりと利根川の土手辺りを歩き回り、春を心行くまで堪能したのであろう。道が尽きて、利根川の水辺のあたりで踏青は終りになったのである。そして、その続きとして春の白い雲にでも乗ろうかと、思いを飛躍させているのである。「雲にでも乗るか」は踏青の楽しさ、心の弾みが伝わって来る表現である。そのときの作者の心情が、一句の中に永遠に封印されているかのような印象を受ける句である。

句集『日々』では、水尾先生の母に対する深い思いが詩的結晶となって表現されている。老いて行く母上の日常生活をあるがままに受け入れ、かつ温かく見守りながら、永別の日に到るまでを作品化した一連の作がある。

炬燵より仏壇までが母の部屋

平成十七年の作。年老いた母の日常。狭い一室の炬燵から仏壇までの一区画が母の生活空間なのである。身を温める炬燵と、祖への祈りの場である仏壇がすべてであるかのような母の生活。通院する以外には、外出することも滅多にない日々の生活なのであろう。年老いた母の生活する姿を、その核心をしっかりと摑んで描き取っているところが美事である。年老いた母上の日常に対する労りが感じられる句である。

徘徊は天女のごとし花月夜

平成十八年の作品。「花月夜」とは、桜も月も美しい春の夜のことである。年老いた母も、桜と月の美しさに惹かれて外を歩き回ってみたくなったのであろう。老人の徘徊である。その忌避すべき老人の徘徊が、母であるがゆえに、作者には天女のもののように感じられたのである。作者にとっては、いつまでも天女のように美しい母なのである。母への愛が「天女のごとし」に結晶している。「花月夜」の季語が、現実を踏まえながら、現実を超えた美しい詩情をもたらしていることに驚かされる。この句の絵画のような美しさは、文学としての香気に包まれている。

郭公に呼ばれしごとく母逝けり

平成十八年の作。「五月二十九日　母こう逝去　享年八十九」の前書きのある句。水尾先生は、平

成十八年の「浮野」七月号の随想「水のほとり」に、

母が亡くなった。若葉青葉に薄日のさす朝、十善病院の一室で静かに息を引きとった。みんなに厄介をかけることを惜しんだような、母らしい静かな最期であった。心臓肥大症の悪化による心不全。享年八十九。私とは二十歳の年の差があった。

と書いている。掲出句は、突然の死の悲しみを「郭公」に託して詠んだ句である。まさに郭公の声に呼ばれたかのような、突然の死であったのだ。葬儀のときの水尾先生の涙が思い出される。「郭公に呼ばれしごとく」には、静かな悲しみと、自然の力によって天に召された母上への思いが、刻まれるように表現されている。

青空は蚊帳の香母の最期の香

平成十八年の作品。青空に香りがある。それは蚊帳の香りである。そして、それは亡くなって行った母の香りである。蚊帳は、今ではどこの家でもあまり使われなくなってきた。「蚊帳の香」は、去って行った時代を感じさせる香りである。昭和の香りと言ってもいいかもしれない。その香りに亡き母の命の最期の姿を感じ取ったのである。「蚊帳の香」が、母への慕情と、母と共に去って行った日々への懐旧の情を余すところなく表現していて、読む者の心を打つ。句またがりの破調のリズムと「香」の繰り返しのリズムが読者に強い印象を与える。動詞が一つもなく、名詞を助詞でつないで提示するようにした表現にも特色がある。

夕焼やいのち貰って今がある

平成十八年の作品。夕焼け空の美しさ。母を亡くした後の夕焼けは、悲しみのために一層美しさを増しているかのようである。母を亡くして、命を親から貰って今を生きているということをはっきりと自覚した、という意味の句である。自分の命は親から譲り受けたもの、とりわけ母親に産んでもらって今の自分があるという思いは誰にでもある。しかし、普段私たちはそれをはっきりと自覚していない。作者は母を失った後、夕焼けを仰いだときに、その思いをはっきりと自覚したのである。自らを産んで下さった母への深い感謝の思いが詩となって結晶している。

華やぎて忌中の門を御輿過ぐ

母が亡くなって間もなく、いつもの年のように祭の日がやって来た。外は夏の熱気と、祭の賑やかさと華やかさにあふれている。しかし、母を失った作者の心は、祭の気分からは遠いところにある。家の内は喪に服する思いに沈んでいるのである。外を祭の掛け声と共に、大きな御輿がゆっくりと華やいで過ぎて行く。その夏祭の様子は、なぜか作者にとっては別世界の出来事のように思われるのである。そこに作者の心の本当の悲しみがしみじみと感じられる。喪に服する作者と外の祭の景とが対比して表現されることによって、悼みごころの深さと悲しみとが痛々しいまでに伝わって来る。

月の野におろして白きピアノかな

平成十八年秋の作品。何とも言えないほど幻想的で美しい句である。幻想的と感じるのは、ピアノを月の野に下ろすという表現のためである。ピアノは普通、家の中の一室に下ろされるものである。それが、月光の輝く野に下ろされるというのだから不思議な景である。しかも、それは普通の黒いピアノではなく、白いピアノであるという。白いピアノが、月光を浴びて野中でひとりでに鳴り出しはしまいか。そんな想像をさせるような、不思議な魅力のある句である。景が新鮮で、どこまでも不思議で、どこまでも美しい。水尾先生の青春期の句集『青い時計』の世界につながるような趣の句である。

魂魄の一片かとも冬すみれ

平成十八年の作品。「魂魄」は死者のたましい、霊魂のことである。冬の菫を見て、そこに魂の一片を感じ取ったということ。冬の菫は小さく美しく、寒さに耐えて咲く可憐な花である。その花の姿を魂魄の一片と捉えたところに意外性が生まれ、詩が生まれてくる。作者独自の感覚が働いている、独創性の強い句である。冬菫を魂魄の一片と捉えることなど誰にもできはしない。これを亡き母上の霊と捉えることは短絡過ぎるように思うが、母を亡くしたことと関りがないとも言えまい。

一線の海一本の野水仙

平成十九年の作品。動詞が一つもなく名詞を連ねただけの句で、強い印象を与える句である。句またがりで、前半の「一線の海」と後半の「一本の野水仙」とが対句のようになっていて、相呼応する構造になっている。「一線の海」とは、水平線が一本横に通った紺深い冬の海である。一本の野水仙が垂直に立ち、黄色い花を咲かせ、命を輝かせて、冬の海に対応している。景の切り取り方が鮮やかである。省略の極致の中で、水仙の凛とした命を描いて詩情を輝かせている。筆者は二回目の静思賞を受賞したときこの句を揮毫した色紙と額をいただき、今も大切に家の中に飾っている。

落葉焚地球に灸を据うるなり

平成十八年の作品。発想も斬新であるが、遊び心の豊かさにも惹かれる。自然破壊、環境汚染、温暖化、二十一世紀の地球はどこも病に冒されている。落葉焚をして地球に灸を据えているのだという一句。作者の心の余裕が諧謔味を生んでいるのである。地球に据えたお灸の煙が冬空に揺蕩っているかのようである。

白鳥も帰るころ山遠のくは

平成十九年の作品。白鳥は冬の初めにシベリアなどの北方から渡って来て、早春の頃また北へと帰って行く。「白鳥帰る」が春の季語である。その頃になると寒さも緩み、大気も暖かくなって、野末の山々が遠のいているように感じられるというのである。春の霞の立ち初める頃の野の情景が、「山遠のく」の表現によって情感たっぷりに描かれている。彼方へと去って行く白鳥の姿も見えて来る。

観音の千手の翼花霞

平成十九年の作品。人の苦しみを救う手を千本持っているという千手観音の姿が、すぐに目に浮かぶ。その観音の千本の腕を作者は「翼」と捉えた。「千手の翼」という隠喩表現の美事さに惹かれる句である。桜が霞のように遠く咲き連なっている季節。観音の翼のような千手が羽ばたいて、読む者の心を救ってくれるかのような温かみを感じさせる。この句も名詞を連ねた句である。俳句は、言葉で述べるのではなく、言葉を提示して描く文学であるとの認識を新たにした。

激水は白虎のごとし山の春

平成十九年の作品。この句は平成二十年四月に、会津の飯盛山の麓に句碑として建立された。句碑除幕式の際の花吹雪の様が記憶に新しい。「激水」は、高い山から流れ出す雪解水の奔流を指すものと思われる。作者はそこに、戦に散って行った若者たちの姿とその魂とを重ね合わせて見ているのである。故郷を守るために戦わねばならないという少年戦士たちの強い決意。そして、散って行かなければならなかった運命を「激水」に象徴させて表現しているのである。悲劇的最期を遂げた白虎隊への鎮魂の思いと、会津という土地の哀しい歴史的風土への思いを深く沈潜させた句で、永く残る句である。

ぶつかつてさしこんで来る寒さかな

平成十九年の作品。真冬の候、寒風の吹き荒ぶ道を歩いて曲り角を曲ったときなど、まさにこういう感じを受ける。風が一度体にぶつかって寒さを感じた後、今度はじわりと沁み込んで来るように寒さが体を襲う。リアリティーのある表現に共感させられる。感じたままが言葉となって、五七五の器に収まっているような感じを受ける。鍛え上げた練達の表現力を感じさせる。

富士の朱も筑波の紺も大旦

平成二十年の作品。「大旦」、元日の早朝。野に出ると、寒気の中に空気が澄み渡っていて、富士山も筑波山も間近にありありと見える。これが母郷の風光のすばらしさである。この句では、東に見える筑波山と南に見える富士山とが呼応しているかのように、一句の中に対比して表現されている。その色彩的対照も鮮やかである。富士は雪を被っているが、暁の光を帯びて朱に染まっている。筑波は深い紺色をしている。夜明け前の一瞬の美を描き取った句であり、正月のめでたさもこの上ない。

落日にひつかかりたりからすうり

平成二十年の作品。秋も深まった頃、烏瓜は真っ赤に熟れて、家の裏手の垣根にぶら下がっていたりする。その赤さは晩秋の季節感の中で、もの哀しく胸に迫るかのようである。「落日」は秋の夕日である。夕日を受けた烏瓜は一層ものさびしく、もの哀しい。「ひつかかりたり」は、烏瓜というものの存在の有り様をリアルに感じさせる。心に残る晩秋の一景である。

春来たり山の上より水来たり

平成二十一年の作品。私たちは春の到来をどのようなときに感じるか。それは人さまざまであろう。この句の中では野に水が来ることが、春の到来の象徴として描かれている。「山の上より」という表現から、作者の立つ位置が平野にあることが分かる。春が来たという実感を、流れ来る水に感じるというところが詩的である。水は谷川岳の雪渓から来る雪解水で、利根川を通って野を潤して来る水である。母郷の野の春の様を描いているのである。「来たり」のリフレインのリズムが、春到来の喜びを強く印象づけている。

野の春を身を投げ出してつかみたし

平成二十一年の作品。身を投げ出してでも摑みたいもの、それは野の春であるという。俗人ならば、身を投げ出してでも摑みたいものは、お金、地位、名誉といったものであろう。身を投げ出してでも摑みたいものが野の春であるというところに、作者の俳人としての矜持が感じられる。摑みたいものは春の趣であり、詩情なのである。水尾先生は多忙を極め、部屋に籠って机に向かわねばならない時間が多かったのであろう。春の野へ出て外光に触れて、思う様詩を作りたいのである。一身を光の中へ解放したいのである。切なる願望俳句である。

今もなほかな女の浦和うららけし

平成二十一年の作品。水尾先生がかな女先生と巡り合い、かな女先生の下へ入門したのは昭和三十一年のことと伺っている。それは、水尾先生が埼玉大学に入学した十八歳のときのことである。その頃、かな女先生は浦和に住んでおられたし、その主宰誌「水明」の発行所も浦和（現・さいたま市浦和区）にあった。それから昭和四十四年にかな女先生が亡くなるまでの十三年間、水尾先生はかな女先生の教えを受け、すべてを学び取ったのである。

この句が作られた平成二十一年は、かな女先生が亡くなってから四十年後に当る。それだけの歳月が流れても、水尾先生にとっての浦和は、かな女先生のいる浦和と感じられてならないのである。それがこの句の中の「かな女の浦和」である。かな女先生のご存命であった日々は、水尾先生の青春そのものであったのだろう。それらの日々の何と麗しく輝いて感じられることか。水尾先生のかな女先生を慕う思いと、自らの青春を懐かしむ思いが、この句から感じられる。「浦和」「うららけし」のウ母音の柔らかな響きも美しい。

しやくとりの棒ちぢまりて盛り上り

平成二十一年の作品。「しやくとり」は尺取虫のことで、夏の季語である。尺取虫は尺蛾の幼虫で、体を屈伸して進む様子が指で物の長さを測るようなのでこの名がある。掲出句は、まさにその尺取虫の動き進む様子を活写したものである。まるで映像を見るようにリアルな描写である。「棒」

は尺取虫が体を伸ばした状態。「ちぢまりて盛り上り」が体を曲げて先へ進もうとする状態。見たままをそのまま写生して描き取った句で、客観写生の句とも言えよう。観照一気の一側面を示す句である。

句集『日々』の中には、毎年五月に行われる谷川岳山麓俳句大会の折に作られた句があり、詩的光輝を放っている。その代表句を鑑賞してみたい。

めつむれば青春みひらけば雪渓

平成二十年の作品。五月、谷川岳を遠望すると、雪渓が眼前に輝いて見える。谷川岳も雪渓も、どこまでも崇高である。目を見開くと、その雪渓が目の前にある。目をつむると、同じ雪渓の前に立つ青年期の自分が感じられるというのである。

水尾先生は昭和四十一年に、谷川岳山麓の相沢静思先生の別荘をお借りして林間俳句学校を開設している。「浮野」が創刊される十一年前のことで、水尾先生が二十九歳のときのことである。水尾先生はその頃から谷川岳へ通っていたのである。「浮野」を創刊して昭和五十三年に始められた谷川岳山麓俳句大会も、すでに三十数回に及んでいる。

「めつむれば青春」は、若き日に雪渓を仰いで、夢を持ってこの地に臨んだことを回想しているものと思われる。そして、今も目の前には谷川岳の雪渓がある。青春の日の夢は叶えられたのか。今もこの地に俳句を作るために来ている。谷川岳の雪渓を描きながら、自らの人生をふり返って詠んでいる人生諷詠の一句である。

雪解沢白の濫費をなほ尽す

平成二十年の作品。谷川岳山麓俳句大会の宿・金盛館の下を清冽な水の流れが貫いている。谷川岳の雪渓に端を発する雪解けの水の流れである。ごうごうと流れる早瀬は、岩にぶつかり砕けて白い炎のようなしぶきを上げる。流れはしぶきにけむりながらどこまでも白く輝いている。まさに「白の濫費」を尽くしているのである。しかし、この谷川の雪解沢はいくら白を濫費しても、その白を使い果たしその白さが失われることがない。水のある限り白の濫費は続くのである。それは、この谷川の自然の豊かさの象徴である。谷川の自然の水の命を、その清らかさと豊かさを「白の濫費」という言葉で描き尽くした句である。一句の声調の力強さにも打たれる。下五の「なほ尽す」の動的表現が力強い。

遠望の主峰に白い夏がある

平成二十一年の作品。五月の谷川岳山麓の景には独特の美しさがある。宿は新緑の山の中腹にある。季節外れの桜が花びらを散らしていたりもする。目を上に向けて行くと、緑の山が幾重にも重なっている。上に行くほど緑は薄く、山の上の方は今芽吹こうとしている木々の枝で埋め尽くされている。そのさらに上の彼方の空に、雪を戴いた谷川岳が立ちはだかっているのである。

谷川岳は、麓の山とは全く別の姿をしている。その白さに打たれる。それは、多くの登山者の命を呑み込んだ魔の山の白さである。掲出句の「遠望の主峰」は谷川岳で、そこは初夏だというのに雪の白さに埋め尽くされているのである。それが「白い夏」である。魔の山の侵しがたい崇高さを描いた句として深く心に残る。
谷川岳山麓俳句大会では、選句と指導の激務の中で、次々に傑作を生み出す水尾先生の力量に驚嘆させられる。青年の頃から見つめてきた谷川の景への愛着が、自ずと詩情を深めているのである。

◇

第九句集『日々』は、落合水尾先生の辿り着いた一つの詩的な高みを示す高峰のような存在である。何度読んでも読み応え十分である。俳句の指導に力を尽くす多忙な日々の中から、秀句が次々に生み出されている。自然体の生活姿勢の中から深くものを見つめて、射るように詩情を摑み取っているのである。その呼吸を学びたいものである。

（平成二十七年三月）

⑪句集『円心』を読む

句集『円心』は、落合水尾先生の第十句集である。平成二十七年五月、KADOKAWAより発刊されている。第九句集『日々』より五年の歳月を経ての出版である。

『円心』という題についてはあとがきの中で、

杉戸町倉松の野口さん宅の前庭にある桜の名木に「円心の桜」の命名をする縁にあずかったことによる。それをそのまま句集名にした。円山公園の桜と九州の一心行桜の風趣を併せ持った桜の一木、その晴れ晴れとした円やかな光沢は、永く四方八方に及ぶものであることを念じた。

と書いている。

円　心　の　桜　四　方　へ　八　方　へ

の句も収められている。「浮野」谷川集同人の野口千鶴さんの家にある、桜の名木の風趣のすばらしさを称え、その桜の美しさめでたさが、自らの句集にも及ぶことを念じての命名であると考えられる。桜の美しさが四方八方へ広がるごとく、句集『円心』の作品の力が読者の心をも美しく染め上げて行くように、という祈りが込められているのではないだろうか。カバーも表紙も誠に美しい桜色である。

『円心』のあとがきには、

この間、周囲でさまざまなことが起きた。東日本大震災（平成23・3・11）、「浮野」編集長河野邦子さんの入院、手術（25・2・27）、自らの脳梗塞（25・12・27）により入院した二ヶ月は特に大変だった。妻の美佐子には格別に世話になった。介護・家事・渉外、編集等、言葉にならないほどである。

と書かれている。平成二十三年の東日本大震災は未曾有の大災害であった。日本中を震撼させた恐ろしく悲しい出来事であった。俳句の世界にも大きな変化をもたらした。「三月」という季語の本意が、春半ばの情趣と年度末の多忙を表すものから、深い悲しみを表すものに変わってしまったほどであった。

「浮野」編集長の河野邦子先生の右脚を切断する手術、水尾先生の脳梗塞による入院は、「浮野」を支える土台を根底から揺るがすものであった。特に水尾先生ご自身の病は平成二十五年末に突然訪れ、二ヶ月間の入院、その後の長く苦しい治療、リハビリを経て、「浮野」主宰の仕事にようやく復帰するという人生最大の艱難であった。『円心』はそれらを乗り越えて編まれた句集である。

◇

句集『円心』は「おのづからみづから」「円心の桜」「しろたへのしじま」「思ひ出させてから」「花過ぎの門前にあり」の五章からなり、平成二十一年から二十六年までの三八五句が収められている。老境に至ってなお衰えを知らぬ、円熟した観照一気の俳句が読む者の心に迫って来る。

まん中に立ちて迎ふる初日かな

平成二十二年の作。水尾先生は毎年元旦に「浮野」の人々と共に、加須の浮野の里に初日迎えの吟行に出かけている。その折の句と思う。

「まん中」とは、単純に考えて野の真ん中ということであろうか。水尾先生の住んでいる埼玉県加須市は、関東平野のほぼ中央に位置している。それが「まん中」ということであろうか。さらに、結社の主宰である作者には、俳誌「浮野」に携わる人々の中心に位置しているという自負もあろう。否、誰しも自分が自分の人生の主役であり、自分の居る所がすべてのものの真ん中であるという意味にも取れよう。いろいろな意味で「まん中」なのである。関東平野の真ん中の浮野の里の水辺で、光り輝く初日を拝したのである。新しい年の初めに自ら真ん中に立って、今年もまた観照一気の俳句の道を一歩一歩進んで行こうと決意しているのである。

忘れ田のすみのひとむらげんげ濃し

平成二十二年、谷川岳山麓俳句大会の折に詠まれた句。谷川岳山麓俳句大会は、毎年五月の母の日とその翌日にかけて行われている。宿の谷川温泉金盛館の回りは自然の輝きに満ちている。清冽な渓の水が山を貫くように迸っている。新緑、万緑。谷川岳の雪渓が遠く白く輝いて見える。

その山里の村の中に、隠れるようにして小さな田圃が存在している。それが「忘れ田」である。林に囲まれ、忘れられたような小さな田であるが、よく見るとその田の一隅にひとかたまりのれんげ草が息づいている。その幽けさ美しさに作者は心を惹かれたのである。趣深い懐かしい景が、読者の心に柔らかく触れるように表現されている。

白樺の白より生まれ風涼し

「赤城山」の前書きがある。平成二十二年五月、水尾先生は谷川岳山麓俳句大会の帰りに赤城山に立ち寄ったのである。本当に読者の心の中にまで涼風が吹き込んで来そうな清々しい諷詠である。赤城山の上には山に囲まれた湖があり、高原のようになっている。五月は涼気に満ちている。湖を囲むように白樺の林がつづいているのである。ここの涼風は、白樺林のその白さから生まれ出たようであるという。何とも新鮮な描写である。涼気が肌に触れて来る。「白」のリフレインが読む者の心に強い印象を与えて、作者の感じた清々しい思いへと導いてくれるのである。

平成二十二年十月、水尾先生は「浮野」の誌友数名とローマ、パリ、モンサンミッシェル修道院をめぐる七泊八日の旅に出ている。水尾先生にとっての初めてのヨーロッパ旅行である。意を決しての俳句の旅である。その折に詠んだ句が、『円心』の中に収められている。

赤とんぼ旅は最後の初恋か

ローマでは、

ピエタ像石の秋思をかがやかす
身に沁むやサンタルチアの絶唱は
秋天を掘り上げて城遺すなり
秋天にコインを投げてローマかな
さよならのキスを月よりローマより

と詠んで旅を謳歌している。『青い時計』に収められている旅の句もロマンに富んでいたが、この海外詠にもロマンチシズムが横溢している。「赤とんぼ」の句は、旅情というものに恋をしているようなものなのであろうか。
「最後の初恋」は、難解といえば難解である。旅というものは初恋のようなものである。そして、それは「最後の初恋」なのである。七十代になってもう恋をすることもなくなったが、旅だけは初恋のときと同じときめきを感じさせてくれるというのであろう。「最後の初恋」には、この旅が人生最後の大きな旅になることを予感させるものがある。「最後の初恋」は言葉の魔術のようなもの。

詩的真実の宿る言葉なのである。

秋天にコインを投げてローマかな

ローマといえば、歴史を感じさせる建築物が残る市街地が目に浮かぶ。トレビの泉もある。作者もローマの街の古い泉にコインを投げ入れて、それが澄んだ秋の水に揺らぎながら沈んで行く様を眺め、ローマというヨーロッパの古都に来た感動を味わったに違いない。「ローマかな」の詠嘆にそれが表れていよう。

さよならのキスを月よりローマより

ローマに仰ぐ美しい月夜。『ローマの休日』等の映画の一場面を見ているような、ロマンチシズムに溢れた一句である。「さよならのキス」など日本にはない慣習である。ローマではそうではないのであろう。思う人へ、月からローマから別れのキスをするという。遊びごころの感じられる表現でありながら、青春の日に返ったような甘美な味わいの一句である。

ルーブルを出でてセーヌの夜長かな

パリでは、

夕べには肩掛欲しきパリジェンヌ

秋の夜をモナリザを見に歩くかな
穴まどひセーヌの青を引くごとし

等の句を詠んでいる。パリといって思い起こされるのは、水尾先生の処女句集『青い時計』（昭和三十六年刊）のカバー絵である。中央に時計台があり、そこに向かって一本の道が伸びている。左右はヨーロッパの街並である。野本正雄画伯によるこのカバー絵は、パリの絵ではないだろうか。パリは水尾先生の若い頃からのあこがれの地で、そこをしっかりと踏み締めた喜びがひそやかに表現されているようにも思われる。

世界中の美術品の集まるルーブル美術館を見、モナリザを見、芸術を堪能し、セーヌ川を眺めてパリを堪能したのである。東京より北に位置するパリは、すでに初冬の趣であったかも知れない。緯度の高いパリでは夜長を強く印象づけられたに違いない。「ルーブル」「セーヌ」の固有名詞が、旅によって満たされた思いを遺憾なく表現しているように思われる。「セーヌの夜長」は何とも美しい詩語である。

平成二十三年三月十一日、東日本を大震災が襲った。大きな揺れの後の大津波によって東北地方の海岸はすべて破壊され、二万人近い無辜の人々の命が失われた。関東地方では甚大な被害はなかったが、俳人である水尾先生も私たちも大きな衝撃を受けた。震災後、水尾先生は被災地東北の海岸を回って、かつて訪れた土地の惨状をまのあたりにしている。大震災のときの俳句として七句が『円心』に収められている。

大震災余寒にささる欠け瓦
余寒あり大震災の余震あり
春寒の海割れ地割れ大地震
大津波六角堂も春もなく
たんぽぽや水も傷つく大津波
震災の天のうすやみ初ざくら
安んじて生かされてをり初ざくら

大津波六角堂も春もなく

六角堂は茨城県北茨城市の五浦にある建物で、太平洋を見下ろす海岸に建てられていた。明治三十九年に日本美術院の日本画研究所がここに置かれ、岡倉天心が中心となって日本美術の革新が行われた。六角堂はそういう歴史的建築物である。水尾先生と共に筆者も何度か訪れたことのある土地である。水尾先生が震災後にその土地を訪れたときには、津波に呑まれて六角堂は失われていたのである。

そのときの心の衝撃を「六角堂も春もなく」と表現したのである。この悲しむべき海岸に立つと、春の喜びなどどこにも感じられないということであろう。「六角堂も春も」と、「も」をリフレインさせた畳み掛けるような表現の中に、震災によって失われたものへの深い悲しみが込められているように思う。単純化された表現の中に深い思いが込められているのが、観照一気の水尾俳句の特色である。

たんぽぽや水も傷つく大津波

大津波によって多くの人々が心に傷を負った。海岸の街も農地も破壊された。多くの尊い人命が失われた。人々の心に大きな傷を負わせた大津波は、水そのものをも傷つけたという。「水も傷つく」の表現に作者は悲しみの万感を込めたのである。「たんぽぽや」の詠嘆は、多くのものが失われても自然の植物であるたんぽぽだけは、いつもの年のように温かい色の花を咲かせているという悲しみの表現なのである。

円心の桜四方へ八方へ

平成二十三年の作。句集のあとがきの中で水尾先生は、「浮野」谷川集同人の野口千鶴さん宅の前庭にある桜の名木を「円心の桜」と名づけたことについて書いている。水尾先生は定年退職直後に日本全国の桜の花を追う旅に出ている。そういう経験が桜の名木に命名するという行為を可能にしたのである。ここにも、水尾先生の俳人としての矜持と力とが働いているように思う。四方八方へ枝をさし伸ばし、人々の心を美しい風趣に包み、うっとりとさせてくれる桜の名木の姿に、生きることの喜び、生きてここにあることの幸せを思って詠んだ一句なのではないだろうか。

この句が詠まれたのは、東日本大震災が発生して間もなくの頃である。円心の桜がこの世の人々の救いとなってくれるように、という願いの込められた一句のように思う。「四方へ八方へ」のリズムのよさ、単純化された表現の中に、観照一気の俳句の力が見て取れる。

囀りや三方ひらく神楽殿

平成二十三年五月三日の俳人協会埼玉県支部俳句大会の折、最高点となった句と記憶している。俳句大会は埼玉県久喜市で行われた。神楽殿は鷲宮神社の神楽殿である。一句の示す通り神楽殿は後ろが塞がっているだけで、残りの三方は周囲へ開かれている。言われてみればその通りなのであるが、そのことを確かに認識し、そこに詩情を見出すということは誰にでもできることではない。否、誰一人として「三方ひらく神楽殿」と詠んだ俳人はいないのである。

上五の「囀りや」も美事である。三方が開かれて誰もいない神楽殿に、明るい鳥の声が弾むようにこぼれているのである。その季節感と詩情の濃さに打たれる。ものをよく観て発見した詩情を一点に絞って詠む観照一気の力を、ここに確認することができる。言葉の力で何かを発見して行くこと。それが俳句を作るということなのではないだろうか。

大海は棺の青さ花の昼

平成二十三年作。大海を「棺」と感じることの悲しさ美しさに打たれる。なぜ海原を「棺」と感じるのか。それは海にたくさんの人々が眠っているからである。太平洋戦争では多くの人々が南方の海で戦い、還らぬ人となった。その遺骨も未だに海に沈んだままである。そして東日本大震災。

行方不明のまま海に眠っている方々も多い。この句はそういう鎮魂の思いを一句にしたものと解される。そういう大きな悲しみを描きながら、この句は大海の青さと桜の薄紅色とに彩られた一つの美的世界を表現しているのである。悲しみの美学とでもいうべき美しさがこの句にはある。

とめどなく水の花びら湧くいづみ

平成二十三年作。「いづみ」は夏の季語。水を盛り上げるようにしてこんこんと湧く泉は涼気を呼ぶようで、夏の季語にふさわしいように思われる。富士山の麓の忍野八海の澄んだ水の輝きが想起される。泉の盛り上がり湧き上がるところは、一つの花が大きく開いていく姿のようにも感じられる。そういうところから「水の花びら」が湧き出しているという発想も生まれたのであろう。水に花びらがあったのか。言われてみれば、泉から水の花びらが湧き出していても不思議ではないと納得させられる。「水の花びら」という詩語の発見が、この句の大きな力となっている。

水汲めり銀河に近きところより

平成二十三年の作。「銀河」は秋の季語。天の川のことである。「銀河に近きところ」とは、どういうところであろうか。空気が澄み渡り銀河がありありと見える山国。山小屋。大自然と対話のできそうな静かな場所。そんなところが思い浮かぶ。そこの古井戸から水を汲み上げているという。その水の冷たさ清らかさもありありと感じられる。この句を味わう読者は、自分自身が銀河に手の届きそうな山里の夜を追体験したような心持ちになる。清冽な詩情がこの句には流れている。

しろたへのしじまかさねてゆきつもる

平成二十四年の作。静寂のうちに辺りを白銀の世界に作り変える雪の風情を、この句は最も美しく描き取っている。「しろたへのしじま」とは何と美しい言葉であろうか。白妙という古語が静寂を一層際立たせている。そのしじまを積み重ねるようにして雪が降り積もって行くのである。この句には静寂と雪の白さだけが描かれていて、それが読者を詩的世界へ引き込んで行くかのようである。平仮名のみの表記は、雪のひとひらひとひらの軽さを想起させるかのようである。観照の極みから生まれた至純の叙情に深く心を打たれる。

てのひらに小春をそつと置いてみる

平成二十四年の作。「小春」は小春日和のことと思われる。初冬の頃の、春のように暖かい晴れた日のことである。その快い小春日和の中に身を置いて、ゆったりとした一日を過ごしているのである。てのひらの上にそっと置くことのできる季節としては、やはり小春が最もよく似合うように思われる。「小春」の「小」がてのひらの上へとつながっているように感じられる。心に余裕を持って生きて、季節を深く愛する俳人でなければ表現できない句である。

梅二月ここに俳諧居士眠る

「悼　中里二庵氏」と前書きがある。平成二十四年二月、「浮野」青遠集同人の中里二庵さんが亡くなった。中里二庵さんは昭和五十五年に「浮野」に入会し、「浮野」一筋に俳句を作って来た人であった。その俳句は二庵調と言われるような独特の作風で、ユーモア、諧謔味に富み、人の心を惹きつけるものであった。また人柄も温和で、人を愛し家族に尽くし、人を育てることの名人とも言われた。高校教師として教え子たちにも慕われていた。筆者の岳父であり、水尾先生にとっては教師としての先輩でもあった。二庵さんを失った悼みごころを深く秘めつつ、亡き人への存問として一句を成立させている。「俳諧居士」はまさしく二庵さんにふさわしい称号である。

花日和かな女観音日和とも

平成二十四年の作。「花日和」。桜の花も盛りとなった頃の穏やかに晴れ渡った日。うっとりと桜に見入り、うららかな春の一日、俳句を作り、俳句に打ち込んで行く。そのことのすばらしさ、快さ。それを心に感じる度に、亡き師・長谷川かな女のことが思い出されるという程の句意であろう。かな女は水尾先生にとっては懐かしい生涯の師である。お別れしてからすでに四十数年が過ぎ去っている。今、かな女をふり返ると、それはまさに観音様のような存在であったと思えてならないのである。この花日和はまさにかな女先生の下さったもの。その師恩に深く感謝する心が「かな女観音日和」という詩語を生み出したのである。「日和」のリフレインも軽やかで、リズムのよい美しい句となっている。

富士は茜筑波は藍の初山河

平成二十五年の作。水尾先生や筆者が卒業した加須市の県立不動岡高校の校歌に「富士と筑波の峰清く」という歌詞がある。郷土加須の野に立つと、富士も筑波も一望にすることができる。とりわけ利根川の堤に立つと、富士も筑波も間近に見える。元旦、富士は初富士。山全体に雪を被って白銀。それを、これから現れようとしている初日が茜色に染めているのである。一方の筑波は深い藍色のままに、澄んだ空気の中に裾を引きながら存在している。写生に基づきながら、郷土の景の美しさを色彩的な対比によってしっかりと描き取った作品である。

降る雪や思ひ出させてからつもる

平成二十五年の作。〈さまざまの事おもひ出す桜かな〉という芭蕉の句を思う。桜を眺めて人生を懐古する芭蕉の心に通じるものがこの句にはある。降り始めた雪が、自らの人生のさまざまな場面を思い出させてくれるというのである。そして、たっぷりと思い出させてから雪は積もって行くのである。季節は冬。水尾先生が降る雪を見て最も印象深く思い出すこと、それは昭和四十八年に四十七歳の若さで亡くなった師・長谷川秋子のことではないだろうか。美貌と才気を兼ね備えていた秋子の若々しい面影が胸に浮かんで来るのだ。そのほほえみが、降る雪と二重映しになって見えて来るのではないだろうか。老境に至るまで歩を進めた人生。雪の静寂が自らの人生を甦らせてくれる。思いの深い秀吟である。

空蟬や無心に入りし爪力

平成二十五年の作。「空蟬」は蟬の抜け殻のことで夏の季語。蟬は幼虫の姿で何年も地中で生活し、羽化して蟬となる。蟬の命は極めて短い。蟬自身が死んでしまった後も残っているのが空蟬の姿である。そう考えると、空蟬という言葉そのものが、儚さ虚しさをよく表しているように思う。蟬の幼虫が一歩一歩木を登り、羽化するために木の幹に自らをしっかりと固定したときの姿が、そのまま残っているのである。その空蟬の爪の力を見て取ったという。深い観照眼が捉えた空蟬の姿はリアルである。蟬の殻にカメラが接近し、ズームアップして前足の爪の部分を大きく映し出したかのような映像感の残る句である。深くものを見つめることの大切さを学ばせてくれる作品である。

大根煮て祝ふ夫婦の五十年

平成二十五年の作。かつて〈スカートのひだあたたかく許されず『青い時計』〉〈言うことなくなりて菊の夜妻全部『谷川』〉〈渓紅葉真紅の妻の振りかえる『谷川』〉と、新婚の頃に詠んだ美佐子夫人との結婚生活が五十年目を迎えたのである。青春の頃から共に俳句の道を進み、夫婦一体となって「浮野」俳句会を守り支えて来た。糟糠の妻との五十年である。その五十年の感慨が詠まれているのである。
「大根煮て祝ふ」と、あっさりとさらりと詠んでいるだけに、読者は一層心を揺さぶられる。特別なことは何もない、いつものように大根を煮るだけの五十年目の祝いである。何もかも分かり合い、理解し合い、一体化した夫婦であるから、大根を煮るだけでいいのである。日常の中で最も大切にして来た妻との歳月に対する感慨がさらりと詠まれていて、読む者の胸を熱くする句である。

北壁に登るがごとし日記買ふ

平成二十五年の作。「十二月二十七日、入院、熊谷総合病院、脳梗塞、二ヶ月」と前書きのある句。十二月二十六日、水尾先生は筆者を含めた沙羅句会のメンバーと夜遅くまで句会の席にあった。いつものように、選に漏れた句すべてについてあっという間に添削を施して帰られた。お元気であった。まさかその翌日に倒れることになろうとは、誰もが予期していなかった。幸い発病したのは自宅であり、美佐子夫人がすぐに熊谷総合病院に先生をお連れし、診察してもらうことができたという。脳梗塞としては軽症であったが、二ヶ月間の入院加療が必要であった。そして、その後の長いリハビリを経て「浮野」主宰に復帰することになるのである。

掲出句は年末の慌しい中で病に倒れた状況を詠んだものである。水尾先生の年末の日常はあまりにも多忙であった。一ヶ月に二十七の句会の指導をしていた。すべての句会で、すべての句に添削を施していた。その上に年末の多忙が重なった。発病する前から、年末の日々はアイガー北壁を登るような険しさであったのである。「日記買ふ」は十二月末頃の季語である。掲出句は、年末の多忙で険しい日々を、そして病に倒れたその日のことを比喩表現に託した句である。「北壁に登るがごとし」という比喩は卓抜である。険しさの極みが読者の身に迫って来る。

雪晴の谷川岳をさらけ出す

平成二十六年の作。「熊谷総合病院」の前書きがある。入院中も水尾先生は俳句を作り続けていたのである。病院の最上階に休憩室があり、その窓からの展望を光として俳句を作り続けていたのである。水尾先生にとって病に倒れたこの時こそ、俳句を作ることが大きな希望になっていたに違いない。

熊谷総合病院から谷川岳が見えたかどうかは分からない。この句の中の「谷川岳」は、水尾先生そのものを表現しているのではないだろうか。何度も訪れてその姿を仰ぎ、俳句の中に描いて来た谷川岳を、自分自身を象徴する存在と考えても不思議はない。医師や看護師の前では、自らを曝け出すより他に仕方がない。そして家族の前でも、病に倒れたどうにもならない自分を曝け出すより他にないのである。自らの置かれた困難な状況を、美しい雪晴の谷川岳の姿に託して象徴的に描いた秀吟である。あるいは、熊谷総合病院からはるかな希望の光のように、雪晴の谷川岳が見えたのかも知れない。

◇

句集『円心』の中の感銘句について書かせていただいた。『円心』には、水尾先生の七十代後半の円熟味を増した観照一気の俳句が収められている。この文章を書き終えて、その俳句のすばらしさに改めて心を打たれる思いがした。水尾先生がいつまでもお健やかで俳句を詠み続けられますように祈念して、筆を擱くことにする。

（平成二十七年八月）

第二部——松永浮堂句文集

Ⅰ 「浮野」の俳句鑑賞

一

祇王寺の花桶に水澄みにけり　落合水尾

「祇王寺」は嵯峨往生院のこと。平清盛の寵遇を受けた白拍子の姉妹、祇王・祇女が隠棲したことで知られる。境内には、二人の墓の他に同じ白拍子の仏御前の墓もある。秋は水の美しい季節である。作者は水を愛し、秋の水の様々な姿に心を向けながら、この寺の花桶の水に深く心を留めている。紅葉に囲まれてひっそりと静まった墓前の、小さな花桶の水。その静かな水が、作者にいにしえの悲劇を語りかけている。あわれの深い句である。

厄日無事犬の頭を撫でにけり　角田紫陽

私などが縁起をかつぐことはあまりないが、長く病床におられる作者にとっては、厄日の過ぎるのは息の詰まる思いであろう。「犬の頭を撫で」るという行為は、幽かな心のはずみである。闘病中の作者の心のありのままの姿が、犬の頭の感触と共に、確実に読者に伝わってくる。悲嘆するでもなく、強がるでもなく、自己のあり様を静かに凝視することによって生まれた句であると思う。

秋蝶の触れやすければ墓古りぬ　遠野　翠

蝶が何度も何度も止まるので、墓石がみるみる古くなってしまった。剥落の墓石とそれに群れる蝶の様子が、そんな錯覚を楽しませてくれる。不動の墓石と、同じ行為をきりもなく繰り返す蝶の姿が、悠久な時間があっという間に流れてしまったような錯覚を与えるのだろう。

下駄の音月にひびくを恐れけり　相沢加津江

あまりに美しすぎると恐しくなることがあるものだ。月の美しい晩。下駄の音のひびく静けさ。足音が迫ってくるような静けさだ。

レース編む少女にエーゲ海が透く　須永洋子

異国にあって日本に似た趣を詠むのではなく、異国の風光そのものを詠む俳句には新しさを感じる。レースの白さとその後ろのエーゲ海の色と輝き。異国の少女の髪も匂う。鮮やかな色彩によって、異国の風景がくっきりと切り取られている。

曼珠沙華仏の留守と思ひけり　河野邦子

曼珠沙華の激しい赤さが、作者に一種の精神的な危機を予感させたのではないだろうか。「仏の留守」という言葉が私には難解であるが、神も仏も人を救うもの。この場合は、精神の平和を保つべき何者かを「仏」と感じているものと解したい。

噴煙は雲より白しりんだう忌　須藤　平

「りんだう忌」は長谷川かな女の忌日であるが、かな女について深く知らない私は「りんだう忌」という言葉の美しさにひかれる。りんどうの咲く日々、秋空に上がる噴煙が殊に白く感じられる。りんどうと噴煙との鮮明な色彩的対比の中に、作者の故人への熱い思いが伝わってくる。

信濃路の観音風呂や虫しぐれ　竹山美江子

信州のどのあたりなのか、浅学な私にはわからないが、「観音風呂」という言葉からはやすらぎと同時に、しなやかな女性の肢体が連想される。虫の音に聞き入りながらこの風呂に浸かっていると、誰もが幸福に美しくなれそうな気がしてくる。

月光のとびつく稲架を組みにけり　増田月苑

秋の農作業は忙しく、いつのまにか夜になってしまった。「組みにけり」に労働の実感がある。しかし一方、作者の目は月に照らしだされた竹の稲架へと注がれている。稲架を組んでいるうちは動きつづけていた竹が、組み終えると同時に動かぬ物となる。まるで月光に奪われるかのように冷たく光りだす。青いうす闇と静寂の中に、銀色の稲架が印象的である。

（昭和五十五年十二月）

二

見下ろして鴨に立ち入る道もなし　　落合水尾

小高い丘から初冬の沼を見渡すと、一望の水面は無数の水鳥に埋まっている。とりわけ数の多いのが鴨である。作者はその様子をじっと見つめるうち、鴨の群れの中に歩み入りたいというかすかな欲望を感じた。ふとそれに気づいた時、作者は自らにその方法のないことを強く認識し、われに返って足下を見つめた、というのである。

それにしても、たった十七音節の中に何と長い心理の道程が表現されていることであろうか。そのことにまず驚きを覚える。じっくりとものに見入り、自己の深層に照らして確かな感動の核を摑み、それを写し取っているのである。「観照一気」の句である。

ところで、このような作者の心の動きに深い共感を覚えるのは私だけだろうか。「鴨」は弱者の象徴であり、愛すべき存在である。鴨の群れの中に分け入って暖かい羽毛に触れるということは、鴨を愛撫することであり、鴨と同化することであり、自己の孤独感を慰撫することである。鴨の群れの前に立ってそんなかすかな欲望にふと現実を離れる作者に、誰もが共感せずにはいられないだろう。そこには人間存在の根本的なさびしさが感じられるのである。また、鴨の群れを見下ろして、そこに立ち入る術のない現実を再認識する作者にも深く共感させられる。私などは中学校の教師として教壇に立つ毎日の中で、生徒たちに同化してしまいたくても決してそうすることのできない思いの中に、この句の中の作者に似た感懐を見出す次第である。

そばを打つこの手が人を殺めし手　　池田炭俵

殺人は絶対の悪であり大罪であると言われながら、戦争中に敵兵を倒すことは、名誉にこそなれ罪にはならない。これは人の世の最も大きな矛盾である。平和になった今、作者はそばを打ちながらそんなことに思いを馳せているのだろうか。しかし、その矛盾を憤る思いも、こころならずも犯した殺人におそれおののく思いも、今の作者にはないのだ。作者はただもくもくとそばを打ちながら、節くれ立った自分の手を見つめているだけなのだ。それは、幾星霜の辛酸を経験してきた老骨の手である。戦争も平和も、すべてが遠いうたかたのできごとなのではないだろうか。こんな手で打たれたそばは、いったいどんな味がするのであろう。そのことを想像するにつけても、味わい深い句である。

白萩やひそかに夜の色となる　　鈴木貫一

〈さはさはと白萩に音生れけり〉の句と共に、白萩の清楚な美しさにひかれる句だ。白萩の白を少しずつ闇が支配してゆく夕暮時は趣が深い。闇にのまれてゆく萩も、夜色に包まれてゆく周囲の景色も、また夜を迎える作者の心も、静かにひそやかである。

林道に消えし無月の僧ひとり　　山代久子

林道もさびしいが、無月はさらにさびしい。そこを一人行く僧の心には何があるのだろうか。作者は僧の後ろ姿だけを描いているが、そのために修行僧に対する作者の思いは、静かな映像の中でいっそう深いものとなっている。また、僧と作者との邂逅と別離の物語も、それとなく想像させられる。

秋風に吹き貫かれたる琴の胴　　吉川能生

名手に奏でられ周囲に感動の矢を放っている琴は、誰にとってもすばらしいものであるが、それとなく部屋の隅に立てかけられた琴はどうであろうか。「吹き貫かれたる」には、そんな琴のうつろな姿がみごとにとらえられている。そこには琴というもののほんとうの姿が描かれていて、読者は思わずはっとさせられる。動から静への視点の転換と静かな表現が深い詩情を生んでいる。

秋深し香を焚く夜のものの影　　龍野　龍

質素な畳の部屋に香が焚きしめられている。香にけむって人も物もすべての影がおぼろである。秋の深まった夜のことである。作者は現実の風景の中に、いにしえの王朝世界の美を見出している。「ものの影」という言葉が、あらゆる場面を想像させるにつけても、作者の美的感覚のきらめきが感じられる句である。

（昭和五十六年一月）

三

曼珠沙華畦をへだてて字かはる　落合水尾

仲秋の頃、炎のように咲いては姿を消してゆく花、曼珠沙華。今年も咲いたという思いでその花をながめていると、そこに一本の畦が見え、やがてそれが字と字を区切る境界であることに気づいた、というのである。畦ひとつ隔てて字の名が変わる様子はまさに郷土の姿であり、土に対するしみじみとした懐かしさを湧き上がらせる。そこに咲く曼珠沙華は、土の神の化身とでもいうべき鮮やかさで読者の心にしみ入るようである。凝視の深い一句である。

句集『平野』が出版されて以来、郷土の風光を見直す思いであったが、「浮野」の進むべき道に暖かく豊かな郷土が開けていることを改めて実感させられた。

月光に額灼かるるはなれ牛　中村千絵

空気の澄んだ高原の牧場が想像される。群れをはずれた一頭の牛は、月の光の下でいつまでも動かない。月光が身を灼くと思われるほど牛は静かであり、孤独をきわめているのである。仲間はずれにされたのか、自ら孤独を己の生きざまとしているのか、いずれにしても降り注ぐ月光の下でその巌のような牛は、じっと孤独に耐えているのである。この牛には月がいよいよ美しく輝き出すのではないだろうか。ふと、「浮野」主宰の姿が闇をよぎるようでもある。

空　蟬　に　掌　の　窪　深　め　け　り　　中田水光

空蟬というむなしいひびきのものを乗せたとき、掌もまた空しい表情を深めたというのであろう。作者の空蟬に対する深い思い入れが、掌の表情として語られているようである。省略と象徴の妙味を感じさせられる句である。

虫　篭　の　闇　に　触　角　急　患　来　　中田豊助

人々がやすらかに寝入っている時刻にも、外科医である作者のところには、死の苦しみを背負った患者が容赦なく運び込まれて来る。医師はいかなる時にも冷静に適切な処置をしなくてはならない。急患が来る夜を予知しようとでもするかのような虫篭の虫にふと目を止めている作者は、神ならぬ身の憂いを感じているのではないだろうか。

台　風　の　爪　跡　空　に　な　か　り　け　り　　増田月苑

台風一過の青空、すべてが悪夢であったかのようなすがすがしさである。「爪跡空になかりけり」という表現から、木が倒され、橋が流され、田畑一面水浸しになっている地上の姿が想像されるところに、技巧を超えた巧みさを感じた。

釣りあげし鮒の声聞く秋の風　　柿沼柿花

鮒に声のあろうはずはないが、釣り上げられたばかりのいきいきとした魚の姿には何ともいえない生命感がある。澄んだ秋風の中に輝く鱗、動く口もと、ものを言う眼等が目の前に浮かんでくるようである。

病葉の紅こげてゐたりけり　　矢野　椿

季節はずれに散っていく病葉にも命の燃焼がある。真夏の日差しに焦がされながら、せいいっぱいの生命を奏でている。「紅」の一字が鮮明な印象を与える。

あどけなき石仏もゐて夏木立　　神田久子

石仏の表情にあどけなさを感じ取っている作者の心のありように打たれる。「夏木立」の配合がさわやかな印象を与えている。

絶壁に星をあつめて小屋泊り　　坂本坂水

作者はその夜、天界に最も近い山小屋に泊まったのであろうか。絶壁の向こうに広がる夜空には、下界では信じられないような数の星が鮮やかにまたたき、ひしめいているのである。それは、命がけで絶壁を攀じ登って来た者だけが目にすることのできる絶景である。山を愛する作者のロマンチシズムがみごとに結晶した一句である。

（昭和五十七年十二月）

四

運動会使ひ古りたる土の上　落合水尾

この句に接したとき、ふと〈大和また新たなる国田を鋤けば　山口誓子〉の句が想起された。誓子作品は、冬の間風に晒され死んだように静まっていた土が、春になって耕され鋤き返されて、また新たな大地として甦るという躍動的な句である。

これに対して水尾作品は、運動会という動的な季語を配しながら、動くことのない大地の存在を描き出している。運動会では人が躍動する。少年少女のいきいきとした肢体が土を蹴立てて走り抜けてゆく。フォークダンスの輪が花のように開く。しかし、大地は不動。校庭は鋤かれて新しくなることもなく、生まれ変わることもない。風雨に耐え人間の営みに耐えて、年々歳々ただ古びゆくのみ。今少年が駆けぬけていった校庭は、知命を迎えた作者が少年の日に駆けたのと同じ校庭であるのかもしれない。運動会によって蹴立てられ少々荒れた校庭はいかにももの寂びた風情で、懐旧の情を喚起するに十分である。この句には年を経た教師の感懐と同時に、常に己の寄って立つ大地を見据えようとする鋭い眼光が感じられる。

鶏頭の炎衰ふかくれんぼ　　増田月苑

〈鶏頭の十四五本もありぬべし　正岡子規〉は、鶏頭の炎に生命の燃焼と充実を表象した句であるが、掲出句には燃焼の後の寂寥が感じられる。鶏頭の炎の衰えは太陽の衰えであり、晩秋のもの寂びた風情の象徴でもある。そんな鶏頭の色あいを目にしたとき、作者の脳裏を過ったものは幼い日の思い出であったというのだ。衰えかけた鶏頭は、あるいは作者自身の命の象徴なのかもしれない。なつかしさとさびしさの込み上げて来る句である。上五中七の叙景に「かくれんぼ」という名詞を添えただけの単純な構成でありながら、読者に与える印象は鮮明であり、余情の深い句である。

月澄むやたつきに山の水を引く　　渋谷　澪

おそらく山寺か神域のたたずまいであろう。月に照らし出された渓流は、鈴の音のような澄んだ水音を立てながら、人の住む辺りへと引き入れられている。自然に同化し、人為による汚れなど微塵も感じさせないたたずまいでありながら、そこには確かな人間の営みがあるというのである。思わずうっとりとさせられるこの句の月光世界は、作者の洗練された審美眼と確かな詩的真実の把握によって支えられている。

鈴虫の昼鳴く二人暮らしかな　　長沢山水

「二人暮らしかな」と感動の中心を素朴に表現しているところにまず心をひかれた。二人暮らしにもいろいろあるが、一句の趣から還暦を過ぎた老夫婦の日常と考えたい。人生なすべきことはなし得た自適の生活。閑雅な田舎住まいには真昼とて音を立てるものはなく、鈴虫の鳴き声だけが秋の深まりを告げている、といった情景。ある人が、夫婦は六十代に入ってようやく真実の愛に目覚めると語ったことが想起される。互いの存在に感謝し、互いの命を惜しみ慈しみ合う二人暮らし。来るところまで来たという自足と寂寥と。いや、それさえも達観した澄んだ鏡のような老境が、この句の「鈴虫」には象徴されているのではないだろうか。

蚊取香碁盤に石の生死かな　　中里北水

碁の世界のことであっても生きる石と死ぬ石があるということは、この世の定めを象徴するかのようで、もののあわれを誘われる。碁の世界では一目の生死が勝敗を決する。盤の上に真剣なまなざしを注ぐ者にとっては、石の生死が己自身の運命のようにも感じられることであろう。涼気の感じられる夏の夕暮どき、心許せる友人と打ち始めた碁は、夜の深まりとともにいよいよ佳境に入る。静寂の中に互いの思惑が火花を散らし合い、次第に時間も場所も忘れさせていく。いつの間にか家人の焚いてくれた蚊遣火の匂いだけが、現実の世界に意識を繋ぎ止める唯一の存在となっている。そんな状況が、「石の生死かな」という感極まった表現から想像されてくるのである。「蚊取香」という季語の働きも絶妙で、味わい深い句となっている。「石の生死かな」という省略し尽くした表現が幾通りかの味わいを生むのは、作者の意図を超えてこの句に輝きを与えるものである。

（昭和六十二年十二月）

五

観音の背山に抱かれ行く秋ぞ　　落合水尾

前同人会長・相沢静思先生の葬儀に際し、弔辞の末尾に添えられた句。行方不明となっておられた静思先生がなきがらとなって発見された場所は、鎌倉の長谷寺の背後にあたる山中の藪の中であった。事実を踏まえた淡々とした詠みぶりの中に、故人への痛切な思いが伝わってくる句である。山に抱かれ自然に抱かれ、観音様の後ろ姿に守られた安らかな命終であったと自らに言い聞かせ、故人に問いかける思い。失ったものへの痛恨の思い。それらは、流暢な句の流れを堰き止めるかのような終助詞「ぞ」の働きによって際立たせられ、読む者の心に突き刺さって来るかのようである。

「先生、観音様の山に抱かれて、逝かれたんですね」そんな声が聞こえて来そうな句である。
長年の修練によって呼吸の一部、人格の一部となった俳句が、作者の魂の叫びとなって表現されたとき人の心を打つのであって、この句のような美事な諷詠は、未熟な者の到底及ばぬ世界である。

秋天の奥に眼を置く病臥かな　粉川伊賀

どこまでも澄み渡った青空を見ていると、幼い日の夢が甦ってくるようでもあり、孤独が沁みてくるようでもある。作者は今、病臥を余儀なくされた状況の中で、見慣れているはずの青空に改めて向き合い、それを味わい直そうとしているのである。秋晴れの空は研ぎ澄まされていて、作者の眼を奥へ奥へと吸い込んでいくかのようである。身は病床に釘付けにされていながら、眼だけは無限の飛翔を遂げ、自由の翼を広げて果てしない詩情を追い求めていく。それにしても、この青空の何とさびしいことか。作者にとって病床は、人生の意義を問い直し、自らの詩を見つめ直す道場であったにちがいない。

裏山は天城へ続く鵙日和　浅井硯水

天城といえばすぐに『伊豆の踊子』の一場面を思い浮かべる。主人公の学生と踊子とが初めて間近に向かい合ったのは、天城峠の北口の茶店であった。天城という地名には、そんな青春の叙情が永遠に封じ込められているのである。「裏山」はたまたま訪れた寺院等の裏山とも考えられるが、作者自身の住まいの裏山と考えればいっそう味わい深い。見慣れた日常世界の裏山が、天城という詩的世界と一つづきになっているという発見は、作者にとって誇らかに夢多いものにちがいない。「鵙日和」のからりとした晩秋の風光は、作者の心情をよりいっそう輝かしいものにしている。

貨車過ぎて尾灯遠のく秋の暮　鈴木かの

とっぷりと暮れた視野の中に、今目の前を過ぎ去っていった貨車の赤い眼玉のような尾灯がいつまでも残っている。万物が色を失っていく夕闇の中に見た尾灯の強烈な赤さは、人生の苦悩に対する恐れを誘うようであり、過ぎ去った日の悲しい記憶を呼び覚ますようでもある。秋の暮とは、実にそんな感じである。きわめて日常的な描写をしていながら、季感の把握の鋭さが読者の心をとらえて離さない魅力的な句である。

秋水の堰越すときの迅さかな　卯月きよ

堰き止められ湛えられた秋の水は深く澄み渡り、ほとんど流れなど感じられない様子である。その上を芒の風が吹き渡り、鰯雲がゆっくりと影を広げていく。芥の動きにでも注意しなければ動きなど感じられない、静かな水である。そんな水が、堰の辺りに来るとたちまち激流となる。水音を響かせしぶきを煙らせて落ちた水は、渦を作って岸の石塀を打ち据える。波が波を呑み込む激流がしばらくつづくと、流れはまた平和を取り戻す。下流にはまた、秋晴れのような安らかな流れが広がっているのである。

一句は、「迅さかな」によって堰を越えていく水の激しさを集中的に詠いながら、その前後に広がる緩やかな流れまでも彷彿させてくれる豊かさを持ち合わせており、俳句表現の特質を十分に生かした佳品である。また、静から動へ、動から静へと自在に変化する水の姿には、悠久な自然の営みが自ずと見えてきて、いっそう味わい深い。

（昭和六十三年一月）

六

とりどりの鶏の羽ばたく年賀状　　落合美佐子

今年は酉年。昨年は災いの年であったが、今年はどうなるのであろうか。「トリドリのトリ」とたたみかけた表現のリズムのよさに加え、「羽ばたく」の力強い描写によって、新年のめでたさがひときわ強調されている。また、分厚く重ねられた年賀状の彩りの美しさまでもが目に浮かぶようである。新年の夢や希望が、作者の胸の内にも羽ばたいているのであろう。明るく若々しい一句である。

梟はひとまばたきもするものか　　坂本坂水

梟の眼は闇の中に煌々と輝く。梟の眼の輝きを、梟の意志であるかのように描いていて印象深い。「ひとまばたきもするものか」の直叙的な叙法が句を力強いものとしている。竹を割ったような、男性的な一句である。

母子草近くて遠き鞍馬道　　鈴木貫一

母子草は春の季語であるが、この句の中では単なる季語を超えた働きをしている。「鞍馬道」と響き合って、人間の母と子、常盤と牛若の存在を連想させるのである。「近くて遠き」は、再会の容易に叶わぬ二人の運命を象徴しているように思われる。そこに夢幻のようなロマンチシズムが醸し出されている。現実の世界と物語の世界が一つになった美しい旅吟である。

追羽子や空の真青は太古より　　染谷多賀子

風もなく穏やかに晴れたお正月の空が広がっている。そこに羽子が舞い上がっては落ちる。めでたく静かな空を見ていると、時の流れが止まったように感じられる。作者はそれを「空の真青は太古より」と表現している。空の青さが太古から変わらないというのは真実であり、この句を形作る詩的真実である。その発見の深さに共感させられる。〈大空に羽子の白妙とどまれり　高浜虚子〉の句が想起される。

賀状来る今も貴様と俺の仲　　関　春潮

この句の中の「貴様と俺」は古い戦友同士ということであろうか。青春の苦難の時代を共に生きた男と男の心の繋がりが一句を貫いているようで、思わず引き込まれた句である。「今も」は二人の心の繋がりが、過去も現在も未来も変わらないものであるということを表しているように思う。今年もその年賀状が来たのである。

（平成十七年四月）

七

狸罠常人さんの裏山に　　河野邦子

「常人さん」は、若狭の宇野常人さんのことである。しかし、それはこの句を読む者の大方が知らないことである。ここでは、少し古めかしい村の老人の名だということが分かれば十分である。裏山を持つような田舎の大きな家の佇まいが見えてくる。その裏山に狸罠が仕掛けられているということは、村人の周知するところである。古き良き時代の日本の生活の姿が髣髴させられる。民話の世界に引き込まれそうな、なつかしさの感じられる句である。

頼朝のごとくに行けりげんげ野を　　田部井竹子

平家を滅ぼし鎌倉幕府を開いた源頼朝は、日本の歴史の中でも一、二を争う優れた武将である。作者は、ある男性に一種のりりしさを感じたのであろう。そのあこがれの思いが「頼朝のごとくに」という卓抜した比喩によって美事に表現されている。はるかなるものへのあこがれを描いた句として心に残る。

白梅は私の中に咲いてをり　平渡藻香

早春、いちはやく咲く白梅は美しい。その白梅を仰ぐとき作者は、それが自分の中に咲いているように感じたというのである。そこに詩情が生まれている。私の中に咲いている梅は、淡い恋心であろうか。それとも湧き上がる詩情であろうか。自らの中に輝くもの、咲き匂うものを発見した者は幸せである。

青を極めて一月の空はあり　糸井美緒

〈一月の川一月の谷の中　飯田龍太〉という有名な句があるが、掲出句もそれに劣らず単純化を極めた句である。青い空だけを描いて一句を成している。一月は一年の始めの月であり、最も寒い時期でもある。年の始めの新鮮な気持ちで仰ぐ空は、一年中で最も清らかで青いに違いない。

輪飾りや婚の決まりし娘の起居　増田幸枝

間もなく他家へ嫁いでゆく娘である。その起居は美しく楚々としているに違いない。作者は娘の成長をふり返りながら、間もなく家を去っていく娘の起居を、愛惜の念をもってじっと見つめているのである。内面を観照した美しい句である。

（平成十七年五月）

八

死神に遇ふにいたらず花月夜　　和泉　好

死は誰にとっても恐ろしいもの。しかし、この句では作者は、死神と遭遇しそうになった自分自身をふり返り、死神を嘲笑っているかのようである。ゆとりを持った心構えから生ずる、一句の達観したような軽さに心をひかれる。美しい桜月夜を存分に味わいながら、作者は自らの命をいとおしみ、天に感謝の祈りを捧げているのではないだろうか。

かげろひてほぐれ始めし流れかな　　篠塚千恵美

冬の野川はどっぷりと淀んでいて、流れているのかどうかも分からない状態である。そんな川も、いつからとなくいきいきと流れ始める。「ほぐれ始めし流れ」は、そんな早春の野川の胎動をさりげなくとらえて、詩情を溢れさせている。揉み合うようにして、自らをほぐすようにして流れ始める早春の川は、魅力的である。

少年老いたり春泥はもう跳べず　　神沢英雄

「少年老い易く学成り難し」という言葉があるが、作者は春泥を前にして、自らが老いたことをつぶさに悟ったというのである。気持ちの上では少年の頃と少しも変わっていないのである。春泥を跳びたいのである。しかし、もうそれはできない。自らの人生を見つめた老いの感慨をさらりと詠んでいるところに心を惹かれる。

黒潮のうねりて走る二月かな　　須田郁子

「うねりて走る」の動的な描写の迫力に心を打たれる。作者の視線は遠い海原に注がれている。黒潮と呼ばれる海流が悠然と沖をうねっているのである。季節は二月。厳しい寒さの中にも、春の兆しが感じられる。黒潮のうねりは大自然の春の胎動なのである。

春風や水門はまだ閉ぢしまま　　染谷悦子

作者は、開かれた水門の景を心に描いてこの地を訪れたのではないだろうか。そして、閉じられたままの水門を見て、春の深まりへの期待感をいっそう強めたのである。「閉ぢしまま」と言いながら、水門が開かれ春の水の迸る様子が想像されるところに、この句の妙味がある。

（平成十七年六月）

九

蒼々と海寄せて山開きかな　　坂本和加子

山開きは、夏山シーズンの初めに、その年の登山の安全を祈願して行われる儀式である。その山開きの山の景の傍らに、作者は青々と広がる海の景を見出したのである。山に海が迫っているのも、国土の狭い日本の景の特色である。どこの山と特定する必要はないであろう。「蒼々と海寄せて」によって景に空間的な広がりが出ている。立体感のある句である。

学校も沼も地蔵も青田中　　中里北水

夏行第一夜の野地蔵会の景が浮かぶ。学校は平成中学校、沼は熊坂沼であろうか。「学校も沼も地蔵も」と並列しながら、坦々と畳み掛けるような表現によって、青田の広がる景を立体的に描き取っている。自分の生活する故郷の姿をくっきりと描き取っているところにこの句の妙味を感じる。

はじめから茄子の色して茄子の花　福田節子

夏になると誰でも目にする茄子の花。何とも地味な花だが、親しさを感じさせる花である。濃い青色をした花である。それを作者は、茄子の色をしていると捉える。こう描くことによって、茄子の花の命のいとしさが伝わってくる。そこはかとない叙情味の感じられる句である。

夏草や一年生の声の張り　本沢恵子

作者は小学校の教師であるから、これは小学一年生を描いた句である。プール指導の一場面などが思い浮かぶ。一年生には一年生ならではの声の張りがあるというのである。それは、長年小学校の教師をしてきた作者にしか分からないことなのである。日常生活の中に取材しながら、作者にしか見えない何かを見せてくれている句である。

涼しくてたましひ星にささやける　中里晶子

快く涼しい夜、満天の星を仰ぐ作者。星を仰いでいると自分の心が、自然と星に何かをささやこうとしてくる。「たましひ」は、他人の魂ではないと思う。夜空の星に自分の心が自然とささやきかけるということ。そこには濃厚なロマンチシズムが感じられる。うっとりするような美しさの感じられる句である。

（平成十九年十月）

十

日本の猛暑に重き忌が二つ　中里二庵

「重き忌」は、やはり原爆忌であろう。太平洋戦争末期のアメリカによる広島・長崎への原爆の投下は、人類史上の大きな過ちであると思えてならない。毎年、猛暑に見舞われる八月六日・九日は、日本全国が祈りに包まれる。このような重い内容を軽々と詠み上げているところがこの句の魅力である。「重き忌が二つ」として、それ以上何も言わないところに惹かれる。そこに、深い悲しみと平和への祈りが、余韻となって広がっていくように思われる。

水近く置く形代の担ぎ棒　龍野龍

形代流しの折の句。鷲宮神社に納められた形代は唐櫃に入れられ、二人の神官によって担がれて中川のほとりまで運ばれる。唐櫃の中には何万もの形代が真っ白に詰め込まれている。この句は、形代が川のほとりへ到着する瞬間を見て取って作られた句である。対象を見つめ、詩情を汲み取り、五七五の言葉に定着する作業が瞬時に行われたと見て取れる句である。その手腕が美事である。また、これから始まる形代流しの神事への期待感が言外に表現されていて、深い余韻が感じられる。

コーナーを回り西日と対しけり　鈴木貫一

真夏の陸上競技の一場面が想像される。選手は苦しい息の下、最後の勝負所のコーナーを回ったところで、西日に相対することになるという。この捉え方に詩があり、俳諧があるように思う。西日という季語が新鮮に感じられる句である。一句の中での季語の活かし方に新しみがあり、そこにこの句の新しさがある。

星月夜水平線に口づけす　白石みづゑ

星月夜という季語の美しさが最大限に活かされている句である。満天の秋の星空。澄んだ空気。星の輝きは海の上にも及んでいよう。「水平線に口づけす」はロマンチシズムの極致であり、作者独特のリリシズムを感じさせる。作者の心の中の美的世界にぐっと引き込まれる句である。

冷房を出で来て頭くもるかな　奥脇節子

冷房の部屋を出て暑さの中に戻ったときには、独特の不快感がある。息苦しくなったり、眼鏡が曇ったりもする。作者はその感覚を「頭くもるかな」と表現している。まさに言い得ているといえよう。作者の感覚の鋭さに脱帽する句である。

（平成十九年十一月）

十一

赤とんぼ少女のままの少女像　山水まさ

少女像は、いつまでも少女のままだという。当然のことであるが、それを五七五という器に収めると詩情が生まれてくるから不思議である。ささやかな詩的発見こそ俳句の核心である。いつまでも変わらぬ少女像に対して人間はどうか。少女は成長し、花嫁となり、妻となり母となり、老いて行くのである。常に変化して行く人間の姿に、作者は無常を感じているのかもしれない。余韻に富む句である。

虫の秋最後にしめる厨窓　田部井竹子

虫の声の美しい夜、一日のすべてが終って最後に厨の窓を閉めるという。虫の声が、一日を終った安堵感を奏でているかのようである。最後に厨の窓を閉めるのが、一家の主婦である作者の日課となっているのであろう。そこに、平和な時代を生きる人のささやかな幸福感が描かれているようで、心を惹かれた。詩情の濃い句である。

六本木月に近付くエレベーター　吉田　萌

東京六本木。近代都市の中心部の明るいイメージが心に浮かぶ。高速エレベーターが静かに上昇して行く。エレベーターは最上階へ、あるいは屋上へと向かっているのだが、作者はそれを、月に近づいて行くと捉えている。そこに詩情が生まれた。月へと上昇するエレベーターは、作者をかぐや姫のごとく昇天させて行くかのようで、何とも詩的である。

流灯は終には星になるごとく　武蔵富代

手元を離れた流灯は川を下り海へ流れ出て、小さな光の点となって行く。思いを込めて、それをいつまでも見つめている作者がいる。遠くなった流灯の光は、最後には星になって行くかのようである、と作者は捉えている。流灯に対する作者の深い思いが詩情を輝かせている。

一本の杭に恋して赤とんぼ　黒岩明日香

赤とんぼは杭や棒の先を好んで止まる。それを作者は、赤とんぼが杭に恋をしていると描いた。ロマンチックであると同時に、赤とんぼの姿が何とも哀れである。人間の恋も同じようなものではないか。赤とんぼが杭を恋うように、理由もなく好きになった人が好きなのである。そんな恋の哀しみを連想させてくれる句である。

（平成十九年十二月）

十二

虚子は季語そのものを詠んだ一物仕立ての句を得意とし、秋桜子は理想美を追求した取り合わせの句を得意とした。人間探求派と言われた人たちは、季語を象徴として生かした取り合わせの句を世に示した。「浮野」の人々はどうであろうか。

野地蔵の首の古傷詣かな　龍野　龍

「地蔵詣」という季語そのものを詠んだ一物仕立ての句。地蔵詣のときに野地蔵の首に傷があるのに気づき、その発見を一句一章の句に作り上げたものである。龍さんと共に大桑地蔵盆の句会に出席した。二人で見た野地蔵には首の辺りに傷があった。偶然の発見であったが、その偶然に詩情を見出すかどうかは、その俳人の力量次第であろう。

だんだんに燭の濃くなる野地蔵会　折原ゆふな

「地蔵会」そのものを詠んだ一物仕立ての句。次第に日の暮れてゆく中での地蔵会の風趣を、燭の火の明るさのみに焦点を絞って詠んだところにこの句の妙味がある。観照の力を感じる句である。

夏めいて海色ピアスつけてみる　　築根　藍

「夏めいて」で少し切れる。二句一章の取り合わせの句。夏の到来を感じる季節に、海のように濃いブルーのピアスを着けてみたということ。海色のピアスの美しさが「夏めく」という季語と響き合って、独自の叙情を醸している。自らを美しいと思う女性の思いに共感させられる。

虹の橋渡りて吾子よ戻り来よ　　佐久間　茜

直叙的な句。絶唱。虹の橋を渡って亡き子が戻って来るという幻想が何とも詩的で美しい。「戻り来よ」と言って、戻ることのない現実に対する悲しみがひしひしと伝わってくる句であるが、一句の詠みぶりは万葉の歌に通じるような、大らかな響きを持っている。その調べの良さに強く惹かれる。

滝壺に轟音の立ちあがるなり　　矢島蓼水

「滝」という季語そのものを描いた一物仕立ての句。一句一章の力強い描き方が、轟音を立てて落ちる滝の力強さを体現しているようで快い。滝のように切れない強い一句である。滝壺に立ち上がるものは轟音であり滝そのものであり、詩情である。

眼裏の紺青深き晩夏かな　　秋山晃子

色彩感覚の豊かな句。瞼の裏の色は赤か黒という気がするが、作者はそれを「紺青」と表現して新鮮さを出している。自然界にも人間界にも疲れの見える晩夏という季感を「紺青深き」で個性的に描き切っている。

（平成二十一年十月）

十三

さつきとは風の変わって花野かな　　原　霞

高原の爽気の中にある花野。広やかな山の空間が見えてくる句である。花野の中に立つと、遠くの人声が近く感じられたり、空耳のように感じられたりする。不思議なほど涼しい風が花々を揺らして過ぎる。花野の中にあって、ひとりになって詩を生み出そうとする行為が、風の微妙な変化を感取させたのであろう。繊細な詩的感性に惹かれる。

紺水着太平洋をしたたらす　　吉田　萌

「紺水着」というから、少年か少女の水着であろう。海から浜に上がったばかりの水着から雫が落ちている。その雫が足下の砂を濡らす。その雫は他ならぬ太平洋の雫なのである。太平洋という広大な自然と少年少女の肉体との交響が、「太平洋をしたたらす」の隠喩的表現によって美事に描かれている。

清秋や音切るごとく裁断す　小林千江子

服を作るべく布を裁断する。静けさの中で鮮明な音をたてて鋏が動く。その音が作者にとっては何とも快いのであろう。「音切るごとく」の直喩表現は、自らの身辺に対する深い観照の中から生まれたものである。印象鮮明な比喩である。また、「清秋」という季語が新鮮で美しく感じられる。

暁光の空暁紅の蓮の花　正能裕久

紅の蓮の花がふっくらと開くさまは、夏の夜明けの大自然のドラマである。その詩的瞬間を「暁光」と「暁紅」という言葉を重ね、リフレインさせて印象深く描き取っている。表現が最も単純化された形で定着している点が美事である。読者に鮮烈な印象を与える一句である。

大暑の日時計はダリの絵のごとく　橋本遊行

ダリはスペインの画家。シュールレアリスムを代表する作家である。「ダリの絵」といえば、空間も時計も歪んで溶けたような不思議な光景が想起される。作者は「大暑の日時計」をダリの絵のようだと表現している。鋭い比喩である。「大暑」の気候の厳しさと身の内の倦怠感がありありと伝わってくる表現であり、炎天下の現実の日時計が不気味でもある。強烈な個性を発する句として心に残る。

（平成二十一年十一月）

十四

海音ははるけし野辺の秋ざくら　　梓沢あづさ

「はるけし」で切れる二句一章の取り合わせの句。はるか彼方から海の音が聞こえてくる。そして、眼前の野には一面にコスモスが咲き広がっている。海については音だけしか描いていないが、読者の脳裡には紺碧の海が広がってゆく。それがロマンチシズムを搔き立てる。水原秋桜子ばりの理想美の追求がなされている句であると思う。

涙ふく月が笑つてくれたから　　山水まさ

「月が笑う」とは面白い表現である。三日月なら人の横顔のように見えるし、満月にも目鼻をつければ人の顔のように見えないこともない。しかし幼い子供が太陽に目鼻をつけた絵を描くのに比べると、作者の心に描く月には、同じアニミズムでありながら何とももの寂しい詩的世界を連想させられる。月が笑ったのでようやく涙を拭くことができたという表現の裏には、人知れず泣きつづけた深い悲しみがあることを忘れてはなるまい。その深い心を、ユーモラスに言ってのけるところに「軽み」があるのである。

あつさりと秋を呑みこむコンバイン　市川千代子

最近は米作りの農作業というものが一変してしまった。六月には見渡す限りの田圃が、僅か数日で一望の植田に変わってしまう。「田植え」とは何であったのか。「早乙女」という言葉も見当らなくなった。秋の刈り入れもまた然り。コンバインが一気に収穫を済ませてしまう。刈田にはキャタピラの跡と藁屑とがあるばかり。「稲架」「藁塚」等という言葉も失われようとしている。現代という機械化の時代がすべてを変えてしまったのである。そういう現代をどう描き取り詩にするかということも、現代俳人に与えられた課題であろう。掲句は「秋を呑み込む」に詩的省略表現があり、時代を詠んだ句として惹かれた。

月仰ぐ句の湧き出づるまで仰ぐ　大熊昌子

秋の月は美しいが、どこかさびさびとした光を持つ。その月を俳句ができるまで仰いでいる、というのだ。ちょっとユーモラスであり、詩情のある句で心惹かれた。高浜虚子は『俳句の作りよう』という文章の中で、「じっと眺め入ること」「じっと案じ入ること」を俳句作りの一つの方法として挙げている。これが写生の骨法なのだろうか。じっと眺め入って何かを発見してできた句ならば、それは一流の句になるであろうと思われる。大抵の場合は観照が不足し、言葉が先行してしまうように思われる。

（平成二十一年十二月）

十五

なめくぢや生き抜くことをひたすらに　龍野　龍

「なめくぢ」と、その後の少し硬いフレーズとの取り合わせが面白い。「生き抜くことをひたすらに」は、今を生きる人間の苦闘を表すようで意味の深い言葉である。それと下等な生物である「なめくぢ」とが取り合わせてあり、何とも言えない諧謔味が生まれている。なめくじは今の一時を生きることにのみ懸命で、何も考える余裕がない。その連続で一生が終る。その悲しさは人間存在の本質に迫るものである。

青空にひび入りぬべき暑さかな　篠塚千恵美

「ひび入りぬべき」の感覚の斬新さに打たれる句である。この句から、古い時代の西洋絵画の背景の空などを連想する。古い絵画に描かれた空には無数の罅が入っていたりする。やがてその罅は深くなり、モザイクを崩したようにはらはらと剝がれ落ちるに違いない。それはこの世の崩壊を意味するようでもある。猛暑ゆえに青空に罅が入り崩れてゆくというのは、何ともダイナミックでロマンのある詩である。地球温暖化という現代の問題にも通じる句である。

空蟬の声聞きたくて側に寄る　原霞

声の出るはずのない空蟬の声を聞こうとして、その側に近寄ったというほどの意味であるが、この句には詩的な深さがあり、詩情の深淵があるように思う。この句を支えているのは単なるウイット（機知）ではないように思う。全身投影的な、対象に対する深い観照力がなくてはこういう句はできない。見えざるものを見、聞こえざるものに耳を傾けて詩情を切り開こうとする作者の、全人格的な力から生まれた気の形象表現であると私は思った。「側に寄る」に作者のやさしさが表れているようにも感じられる。

逢ひたきはあの世の人や星月夜　原田保香

〈呪ふ人は好きな人なり紅芙蓉　長谷川かな女〉の名句との類似を思うが、保香作品の方がより端的で悲しい。「あの世の人」という俗な表現が、反ってこの句の救いになっているように思う。高齢に達すると人生は悲しいことばかりが多くなるようだ。最愛の人との死別。親兄弟もいなくなり、友人の葬儀に出席することも頻繁になる。この句は亡きご主人への思いを単刀直入に表現していて心にひびく。「星月夜」が悲しく美しい。凄絶の美がそこにある。

（平成二十二年十月）

十六

消えさうで消えぬは烏瓜の花　　島崎なぎさ

烏瓜は夏の終り頃、霞を盛ったような白いふっくらとした花をつける。「消えさうで消えぬ」は、その烏瓜の花の命の強さをしっかりと見極めて、詩として掬い取っている表現である。リズムよく言葉を遊ばせていながら、烏瓜の花の存在がリアルに描き出されている。

美しき汗の時間を共有す　　吉田　萌

汗そのものが美しいとは思わないが、この句のように表現されてみると、言葉の力によって美しい世界へ誘われるような気がするから不思議である。「共有す」は「作者が共有した」と決めつけない方がよい。「汗の時間」を共有したのは誰か。作品は一切語らない。それが俳句の力である。

筆者はバレリーナの師弟や体操競技の少女選手とコーチ等を想像し、美しい夢を与えられたかのような感を受ける。清新な美的世界の広がる句である。

枕木の犬釘ゆるぶ炎暑かな　神沢英雄

炎天下に伸びる線路。どこまでも伸びる線路の景が、炎熱のために歪んで見えるようでもある。作者はその炎熱の景を、「犬釘」という物の存在を確と描くことで力強い詩に昇華せしめている。「犬釘ゆるぶ」は虚の表現であるが、ものをしっかり描いているだけに、読む者に強いリアリティーを感じさせる表現となっている。

触れられぬほどにハンドル灼けてをり　武蔵富代

真夏、日向に置かれた車の中に何時間ぶりかで戻ってみると、そこは炎熱の世界。ハンドルが火傷しそうに熱く灼けている。誰でも経験のある日常の出来事をしっかりと切り取って描くことによって、詩情が醸し出されている。この句には現代を描いた素材の新しさがあり、そこに惹かれる。

長女とはひまはりだつたかも知れぬ　松村幸子

同時発表の句に〈五人姉妹の長女の姉の夏終る〉がある。五人姉妹の末っ子であった作者と長女の姉とは十歳違い。姉妹の父が戦争に行っていた頃、幼い末娘の頼りは、向日葵のように明るく強い存在であった長女の姉であったのだ。淡々とした口語表現の中に、人生の真理と姉を失った作者の悲しみが切実に描き出されている。

（平成二十二年十一月）

十七

群なして寺領飛び出す死人花　三沢一水

一読「死人花」の言葉の力に打たれる。「死人花」は曼珠沙華のことだが、歳時記を見ても曼珠沙華のことを「死人花」と詠んだ句はまず見当らない。この言葉を生かして一句とすることは極めて難しいと思われる。言葉の持つイメージが強過ぎるのである。掲出句は、墓地から溢れるばかりに燃え広がっている曼珠沙華の姿を活写している。それは、単なる曼珠沙華ではなく「死人花」なのである。まるで死者の魂が紅の花の炎となって咲き出ているかのようである。「死人花」の言葉の力を生かして一句としているところに、作者一流の俳諧味が醸し出されている。

青月夜つれていつてはくれまいか　白石みづゑ

「青月夜」は今まで読んだどの句にも使われていない。作者の造語であろう。青く澄んだ美しい月夜。その月の美しさに、作者は切実な願いを込めてこの句を詠んでいる。どこへ連れて行って欲しいのかは一切語られていないが、それは作者の叶わぬ願いの叶う場所ということであろう。その濃厚な叙情の美しさに、読む者の心がとろけてしまいそうな句である。

虫時雨ときをりぴぴと電子音　　兼子嘉明

秋の深まる静かな夜、静かな心で耳を澄まし、感覚を研ぎ澄ましている作者の姿が浮かび上がる。虫の音に聞き入っていると、そこに時々電子音が混じることに気づく。それを捉えた作者の無心の境地に心惹かれる。この句では、日本の詩歌の伝統を背負った「虫時雨」という季語と「電子音」とが同じレベルで扱われている。そこにこの句の新しさがあるように思う。虫の音に電子音の混じる二十一世紀の今を美事に描き取った句である。

口あいて鴉歩きて秋暑し　　宮崎田んぼ

鴉が羽をばたつかせながら、口を開けたまま歩いている。そう言われてみると、鴉とはそんな鳥だという気がしてくる。鴉をよく観て、その特徴を描き取っているのである。その口を開けた様子が、季語の「秋暑し」と美事に共鳴している。やりきれない残暑のうっとうしさが、口を開けて歩く鴉の姿に象徴されているようである。感動の核心を捉えた印象鮮明な一句である。

（平成二十二年十二月）

十八

消ゆるとは知らずに生れてしゃぼん玉　原　霞

普通、しゃぼん玉は当然消えるものと思っている。しかし、しゃぼん玉自体は自分が消えるものとは知らずに生まれているのだ、と作者は感じ取った。その作者の独自の感性が深い詩情を生んでいる。生まれてくるものは誰しも、自分が最初から消える定めにあるとは思っていない。しかし、命あるものに悠久の時間が保障されているのではないということに、はたと思い当るのである。生命の、そして人間存在の悲しい真実を捉えた句として心に残った。

悲しみの桜前線どの辺り　新野白水

三月十一日、東日本大震災。二万人近い無辜の人々の命が奪われ、十万人余が避難生活を強いられる大災害が起こった。時は春。悲嘆に暮れ途方に暮れるみちのくの人々の前を、桜前線がゆっくりと北上して行く。多くの悲しみの眼差しが美しい桜に注がれたことだろう。桜は何事もなかったかのように美しく咲き連なって行く。被災された人々への思いを桜前線に託して美しく詠い上げた句で心惹かれた。

雨粒に色をうつして桜かな　　正能裕久

生善院での春の吟行会で主宰特選となった一句。満開の桜に降り注ぐ雨が作者の心に詩情を呼んだ。一つ一つの雨粒に桜の美しい色が映っているのである。すべての雨粒がピンクの宝石のように輝く。この上もなく美しい景をしっかりと掬い取り、きれいに描き切っている。「桜かな」の詠嘆が読む者の心に響いてくるかのようである。

青空も校舎も揺れて入学す　　秋山もみぢ

「揺れて」は、よもや地震の揺れではあるまい。今、入学式を終えた新一年生の心の輝きを感じて、作者は校舎も青空も揺れるようだと表現したのであろう。作者の澄んだ心が春四月の緊張と気の高まりを捉えて、そう表現せざるをえない感動を生んだのである。叙情感の深い美しい一句である。「青空も」「校舎も」のたたみかける表現が効いている。

（平成二十三年七月）

十九

河鹿笛聞きたし月を歩きたし　横田幸子

谷川岳山麓俳句大会の折の句。第一回目の句会の終った直後の夜。外は山の冷気が清々しく、夜空が晴れて月が美しかった。河鹿が渓流の闇の中から、鈴を転がすようなきれいな声で鳴き始める。そんな詩的な景を、昂る心情を「聞きたし」「歩きたし」というリフレインを効かせて美事に詠い上げている。一切を省略した簡明な表現で、作者の心の内の清澄感までもが伝わって来るような句である。

魔の山の水引き入れて植田かな　鈴木貴水

谷川岳山麓の植田。滔々と流れる水が田を潤し、次の田へ落ち、また渓流へと還っていく。その植田の水は魔の山から来た水であると、作者は見て取った。そこに詩的発見がある。数多の登山者の命を奪った魔の山のその水が、平穏に植田の水となっている。人の役に立つ平らかな水となって、死者の魂も植田に安らかに存在するかのようである。

ほぐるるは羽化するごとし花菖蒲　吉田　萌

〈うつむくは一花もあらず花菖蒲　長谷川秋子〉の句のように、花菖蒲は花弁を垂れて、空へ向かって心を開くかのようにぽっかりと咲く。風に揺れる様は、揚羽蝶が羽ばたいているかのようである。固い蕾をほぐして優雅にひらく様子を、作者は「羽化するごとし」と見て取った。そう表現されてみると、開いたばかりの花菖蒲の清らかさ、みずみずしさが匂い立つようで何とも美しい。作者の冴えた感覚に惹かれる。

雪渓や抱かれたくて来てしまふ　斉藤たみ

「抱かれたくて」がこの句のポイントである。「抱かれる」とは、いろいろな意味に於て他者の愛を受け入れるということである。幼子に対する母の愛、女性に対する男性の愛。「抱かれたくて」は「愛されたくて」と同義であろう。谷川岳の雪渓を仰ぐ五月の山の景に、作者はまさに抱かれに来たというのである。大自然の美しい景の中に立ったとき、愛を受け入れた時のような感覚を作者は味わったのであろう。自身の心情を無造作に放り出したような表現に魅力を感じた。

（平成二十三年八月）

二十

万緑の縫ひ目のごとしいろは坂　三沢一水

交通の難所、日光いろは坂。アスファルト道路がうねりながら斜面を登って行く。その遠景を「万緑の縫ひ目」という比喩によって美事に描き取っている。じっくりと観てそのイメージを何度も脳裡に描き、練り上げて表現した観照一気の句である。「縫ひ目」とは何とも的確な表現である。人間の作った道路などは、大自然の山にとっては手術痕のようなものでしかない。山の景が痛々しくもある。

タンカーは海にあるべし男梅雨　安藤隆夫

「あるべし」は「あるのがふさわしい」という程の意味であろう。広大な海を行くタンカー。その重量感と迫力は海の王者のごときもの。そのタンカーの存在に対する感動に基づく一句である。「べし」で切れる二句一章の取り合わせの句であり、「男梅雨」とタンカーの取り合わせが美事である。ざんざ降りの雨なのであろう。「男」の文字がタンカーの存在感とよく響き合っている。

噴水は虹生みて虹まとふなり　　中田陽子

大きな噴水のしぶきにかすかに虹がかかっている。虹も夏の季語だが、この句の場合は噴水が主役で、噴水が一句の季語となっていると言えるだろう。まさに噴水そのものを詠んだ一物仕立ての逸品である。噴水の水しぶきの生むかすかな虹に焦点を当てた観照の力が一句を支えている。「虹生みて」「虹まとふなり」の畳み掛けた表現が美しく、詩情を醸している。美しいもののより美しい一瞬を描き取った句として心に残る。

薔薇風呂はクレオパトラの香りとも　　大谷夏木

豪華な薔薇をいっぱいに浮かせた薔薇風呂。花の美しさに加え、その芳香もすばらしいものであろう。作者はその薔薇風呂の匂いを「クレオパトラの香り」と表現した。そう表現されてみると、絶世の美女クレオパトラが薔薇風呂に浸かっていたのも真実のように思えてくる。それを想像するのも楽しく、ロマンチシズムが横溢してくる。また、作者自身が薔薇風呂の中でクレオパトラに変身して行くかのような空想も広がる。夢多き一句である。

（平成二十三年九月）

二十一

春の月撫でよと猫のうらがへる　　吉田　萌

何とも明るく楽しい句。作者の心の内の明るさを反映しているかのようである。美しい春の月夜、目の前に猫が来て、撫でよと誘うがごとく身を裏返してみせたという。思わず猫に手を触れたくなる。心に泉の湧くような一瞬を捉えて、清々しい詩情を醸している。この句には、推敲で苦しんだ痕跡が全くない。一瞬にして創作が完結してしまったかのような句である。天からの授かりもののように秀句は生まれる。

約束はなけれど土筆煮上がりぬ　　中里　篠

亡き人との約束はなかったが、その人の生前と変わらぬように、酒肴としての土筆が煮上がったということである。作者と亡くなった中里二庵さんとは、この世と彼の世とに別れ別れになってしまった今も、強い絆で結ばれているということを痛切に感じる。亡き人を思う心の深さに強く打たれる句である。俳句という表現手段には、作る者の魂を救済する力があるものと信じて疑わない。

もう一度飛んでみたきは春の川　黒岩明日香

昔は小川を軽々と飛び越えることができたのに、それができなくなったのはいつ頃からだろうか。あの頃の自分に戻れたらどんなに幸せだろうかと思う。幼かった少女の日々への愛惜と郷愁をしみじみと感じさせる一句である。「春の川」がやさしく美しい。

曾良を待つ背に一片の落花あり　和田美翔

作者は草加市在住。〈佇めば橋は百代水は春〉は、四月の春の吟行会で主宰の特選を得た句。掲出句はそれに続く一句。草加には芭蕉像と曾良像があるが、芭蕉像の方が少し先（北）にある。芭蕉像の方が旅路の中で一歩先んじているのである。その様を「曾良を待つ」と、あたかも芭蕉自身がそうしているかのように描いている。そこが面白い。その芭蕉像の背に一片の落花があったという。そこには、春を惜しむ芭蕉の思いも感じられるかのようである。草加という「奥の細道」ゆかりの地を深く見つめた句として、心惹かれる。

（平成二十四年七月）

二十二

千年ものふのごとし滝桜　　飯塚寿江

三春の滝桜。樹齢千年以上。花神が降臨したかのような美事な桜の大樹である。その滝桜にとっては、千年という年月も昨日のことのように思われるというのであろう。千年前が昨日のことであってみれば、人間の一生などは何時間でもない儚いものと思わざるを得ない。滝桜に正対し見つめることによって、身の内に湧き上がった感懐を深く汲み取って一句としている。

吊橋は天の木琴巣立鳥　　折原ゆふな

谷川岳山麓俳句大会の折の句。筆者はこの句を特選にしている。「天の木琴」という隠喩にはっとさせられる。渓流に掛かった吊橋を「木琴」と表現したのは作者の独創的な詩境によるもので、脱帽せざるを得ない。吊橋の上に並べられた板を木琴と捉えたものか。「天の木琴」は、山の春のみずみずしい緑の中でどんな音色を奏でてくれるのかと想像するのも楽しく、詩情の新鮮さに打たれる。

水中花散るといふこと許されず　吉田　萌

咲いた花は必ず散るもの。「花は散るからこそ美しい」とも言われる。しかし、水中花は散ることを許されない。そこに作者は「水中花」というものの悲しい本質を観て取っているのである。その把握の深さに打たれる。草も木も花も人も、決して永遠に存在することはない。そういう命というものの意味を、読む者に深く考えさせる一句である。

山五月どこからも水奔り出て　横田幸子

五月の山は生命の脈動に充ちている。その源が水である。五月の山の水は清冽である。冷たく澄んでいる。その水が山の何処からも奔出していることに作者は着目した。新緑の山の命を水が輝かせているのである。生命讃歌の一句。

鯉のぼりつけたしスカイツリーにも　正能裕久

スカイツリーに付ける鯉幟はどんな鯉幟がいいのだろうか。加須のジャンボ鯉幟などはどうであろうか。スカイツリーに吹き靡く鯉幟を想像するだけで、読者は楽しい気分にさせられる。作者の豊かな遊び心に強く惹かれる。

（平成二十四年八月）

二十三

水音を過ぎて水音青野行　　島崎なぎさ

「青野」は「夏野」のことであるが、草々が生い茂り青々としている様子を強調した季語である。この辺りであれば青田の青さもそれに含まれよう。そこを歩いて行く作者。水音に惹かれてそこに近づき、それを覗いてまた歩く。そしてまた次の水音に惹かれて行く。歩行的思考。一切の叙述や修飾を省いて、素朴に単純化して描いた句として、心に響くものを感じた。

雲の峰ゴールポストを遥かにす　　福田啓一

空間の広がりの感じられる雄大な風景句。炎天下にグラウンドがあり、遥か向こうにサッカーのゴールポストが見える。その向こうの彼方の空には雲の峰が立ち上がっている。折からサッカーの試合が行われているのかもしれない。ゴールポストの遥けさは、決勝ゴールの遠さであり、勝利の瞬間の遠さでもある。「遥かにす」の措辞がそのことを暗示しているかのようで美事である。

告白のための一輪ばらを剪る　　黒岩明日香

「告白」とは愛の告白に相違ない。その時手渡すために一輪の薔薇を今剪っているという。薔薇の花の命が告白の言葉となって匂い出るかのような感を受ける。この句は、あるいは作者の虚構であるかもしれないが、そういう夢を描くことができるのも、俳句という文芸の魅力の一つである。

昇るかに煙りて滝の落ちにけり　　松永喜芳

滝のしぶきがまるで煙のように立ち込めているのである。その水しぶきは宙に漂っているだけではなく、天へ昇って行くかのように揺蕩っている。那智の滝か、もっと壮大な海外の滝の姿が想起される。仙境にかかる滝の美しさ。

誘ひゆく日傘誘はれゆく日傘　　宮崎田んぼ

日傘を差した女性が二人連れ立って外出しようとしている。一方の女性が「誘ひゆく日傘」であり、もう一方が「誘はれゆく日傘」である。どちらの女性にも明るい微笑みが感じられる。「日傘」をリフレインさせて対句仕立てにし、一切を省略して素朴に描くことによって、日常の何でもない景が明るい詩情を醸す存在となっている。

（平成二十四年九月）

二十四

池廻り来て再びの初音聞く　龍野　龍

ひとりの散歩道。鶯の初音を聞く。春の訪れを感じ心も弾む。池の周りをゆっくりと巡って来ると、そこで再び麗しい初音を耳にする。「再びの初音」の表現に感動が焦点化され、平明切実な句となっている。秀句を生もうと力を込めるのではなく、自然体の中からすっと生まれて来たような穏やかな表情の句である。

花こぼす鳥鳥こぼす花大樹　吉田　萌

美しい絵画のような一句である。桜の大樹に小鳥が遊び、時折花びらをこぼす。そして、その桜の木からこぼれるように鳥が地に降りて弾み、飛び立って行く。花鳥図そのもの。「花」「鳥」「こぼす」の三つの言葉のリフレインが心地好い。

中天に月戴きぬ花莚　船田千恵康

桜花の爛漫たる中に莚を敷き、花の宴を張っている。中天には月が輝いている。桜に酔い酒に酔い、そして月を仰いでの宴である。何とも豪奢なことではないか。一句の表現は一切を省略し、月と花莚だけを描いて胸の内の大きな感動を表現している。省略の妙味。美事な句である。

クラス会そっと外して春の月　福野捨男

青春時代にタイムスリップしたかのようなクラス会。懐かしい人との再会。ライバルも恋敵も、そして憧れていたその人も、同じように年齢を重ねて今日の会に出席している。年を経てもマドンナはマドンナのまま輝いて見える。宴闌の頃、作者はそっとひとりになって天を仰いだ。そこに麗しい春の月があった。自らの人生をふり返り深い感慨に浸る中で、春の月がどこまでも美しい。

花浴びて一会の贅を尽しけり　横田幸子

桜の木の下に来て、そこに立って花吹雪を浴びること。それこそがまさに「一会の贅」なのだと作者は表現している。「贅」とは奢り、贅沢のことである。「一会」は一期一会。その桜の木の下に、その日その時立つこと。それこそが、一生に二度とない一会の時なのである。省略した表現の中に深い思いを感じさせる句である。

（平成二十六年七月）

二十五

山月を映す一水春の寺　粉川伊賀

「一水」は池の水であろうか。春の月が静かに高く昇って水に映っている。寺は山に抱かれて、静寂に満ちて月光の下にある。水面には桜が映り、花びらが揺蕩っているかもしれない。春の夜の麗しい景が、省略を利かせた表現によって読む者に迫ってくる。その静謐感に打たれる。

水芭蕉祈りは至仏山へ向く　白石みづゑ

至仏山は群馬県北部の山。尾瀬ヶ原を挟んで燧ヶ岳と対峙している。初夏、尾瀬ヶ原には清流に育まれた真っ白な水芭蕉が一面に咲く。至仏山は残雪を被って白く輝いているにちがいない。自然が作り上げた清浄な世界に深く心を動かされ、作者は祈りを捧げる他なかったのであろう。美しい自然に対する敬虔な思いが清らかに表現されている。

桜蕊降るや重たき竹箒　内藤さき

作者は竹箒を手にして、庭に落ちた桜蕊を掃き集めようとしているのである。竹箒を重いと感じるのには訳があろう。身ほとりを取り巻いて、夢のように美しく輝いていた桜が花吹雪となって散って、散り終えて、桜蕊の降る季節を迎えたのである。桜の季節が終った後の空虚な思い、それが「重たき竹箒」の表現する心情であろう。季節の移ろいに対する細やかな感覚に惹かれる。

うららかや旋回の鳶真上まで　　増田一人

まさに陽春。作者の訪れた海岸には風もない。鳶が翼を広げて大空を滑空しつつ、天高く昇って行く。その鳶は作者の頭上高くまで達した。感動の中心は「真上まで」にあろうか。身辺に訪れる詩的な一瞬を捉えて句としている点が美事である。「や」で切った上五の表現も利いている。

瀬戸内に夕日の落ちて春惜しむ　　築根　藍

温暖静穏の海、瀬戸内海。その晩春の夕暮はどのような趣であろうか。夕日に海面が輝き、島々が遠く影を点在させていることであろう。その穏やかな景は、「春惜しむ」の情にぴったりではないだろうか。固有名詞を生かしながら、情感の濃い作品としている。

（平成二十六年八月）

二十六

紫陽花や人に目といふ海がある　　吉田　萌

六月の第一例会で主宰の特選を得た句。紫陽花を映した澄んだまなこを「海」と捉えて深い詩情を醸している。紫陽花の瑠璃色を映した眼は、青々とした海の光を宿しているに違いない。その人の心の輝きも姿の美しさもありありと感じられる。「紫陽花や」の切字の存在が一句の印象をより鮮明にしている。

湖へ向く湖北の仏青葉風　　野口千鶴

「湖北の仏」は渡岸寺の十一面観音のことであろうか。その仏像はすらりとした姿で湖を見つめるように静かに立っている。長い歴史の中を生き続けてきた仏像が、青々とした琵琶湖を今も見つめ続けているのである。青葉風が清々しい。感動を素直に最小限の表現で詠い上げている。

人ひとり機械ひとつの田植かな　　熊井　緑

二十一世紀の平成という時代の田植。広々とした田圃も田植の季節になると、一週間もしないうちに一望の植田になる。村中の人の協力の下に、一つの共同体の一大行事として行われた田植は、過去のものとなった。「田植唄」「早乙女」といった季語も過去のものとなろうとしている。今は大きな田植機に人ひとりが乗り、たちどころに植田を作り上げる。その様子を素朴に端的に詠んで詩情を醸している。

野馬追ひの絵巻一巻風薫る　染谷吟渓

「野馬追ひ」は福島県相馬地方の七月の行事。特に騎馬武者による神旗の奪い合いの様は勇壮である。この句は「野馬追ひ」が実際に行われている様子を詠んだものではない。勇壮なその絵巻を目の前にし、そこに五月の風薫る季節を感じているのである。勇壮な絵巻と薫風との取り合わせが新鮮である。一句のリズムもよい。

青春の誓ひはるけし聖五月　白沢白雲

五月は一年で最も麗しい月である。カトリックではこの月を聖母月と呼ぶことから「聖五月」の季語が生まれた。その五月の光の中で、作者は青春時代に胸に誓ったことを思い出しているのである。自らの人生を支えた青春の日の誓いであったに違いない。清潔な叙情の感じられる句。

（平成二十六年九月）

Ⅱ　「沖」の俳景

①余白の詩情

浅学菲才の私が、「沖」の俳句について書くことになった。畏れ多いことであるが、全力で務めさせていただく。

◇

着たままで釦付け替ふ秋の暮　能村研三

秋の暮は釣瓶落しで気忙しく、ゆっくりと着替えて釦を付け替える時間もなかったということであるが、私はその余白に表現されている詩情の豊かさに心を惹かれた。釦を付け替えた人は奥様であろう。その人は作者の体にひしと身を寄せて、着たままの服の釦を軽々と付け替えたのである。その愛の行為に深く心を打たれる。生活感の豊かな温かい句である。

青北風や死者の数だけ海の星　遠藤真砂明

「青北風」は初秋から仲秋にかけて吹く北風。これが吹くと海辺では、秋のさびさびとした様が胸に迫るようになる。三月の東日本大震災で亡くなった人の数が、目に見える星の数として作者に感じられるというのであろう。命を失った人々は大方津波に呑まれた人々であり、海辺に生活する人々であった。「海の星」に作者の鎮魂の思いが切々と感じられる。

虫入れて虫籠からつぽより軽し　　辻　美奈子

虫が入ったのだから空っぽのときよりも重くなっているはずなのに、虫籠は空っぽのときより軽いという。その逆転の発想に共感を覚える。虫を入れることのできた喜びが、虫籠をいっそう軽く感じさせたのである。作者の母としての子供たちに向ける愛のまなざしが、そう見て取らせたのである。深い観照に基づく一句である。

腕白はもうをらんのか銀やんま　　森岡正作

私が少年の頃は、毎日へとへとになるまで外で遊んだものである。今、そういう光景を目にすることは稀である。どこも都会化して、小学生の頃から塾に通う子も多い。また、室内でゲームに熱中する子も多いように思う。そういう時代に対する慨嘆がおおらかに諷詠されている。

錠剤のパステルカラー小鳥来る　　上谷昌憲

俳句は中七が一本調子になるとつまらないと言われるが、この句は特別。「パステルカラー」という言葉が新鮮であり、生きて働いている。飲もうとする錠剤の色調が柔らかく明るいのである。その色に癒されるかのようであり、ほっとさせられる。また「小鳥来る」の季語の取り合わせもよい。小鳥の色までも美しく感じられる。同じ作者の〈四方水の断面囲ひ熱帯魚〉にも瞠目させられた。ものを見つめる観照の力に打たれる。

リフトより花野の序章まぎれなし　藤原照子

高原への旅の句である。リフトに乗って花野を行く。これからいよいよ美しい所へ向かうという弾む思いが、「花野の序章」という詩的な言葉によって美事に表現されている。〈白樺も湖も一気に霧がくれ〉も句柄が大きくダイナミックである。高原俳句は今も生きている。

かなかなの止む心臓の停まるかに　広渡敬雄

蜩の声は秋の訪れをしみじみと感じさせるものである。その哀切な声は、秋という滅びへ向かう季節を象徴するかのようにさえ感じられる。「心臓の停まるかに」は一つの誇張表現であるが、この句の場合はそれが詩情を醸し出している。

鈍行の停車は虫の声のなか　望月晴美

特急、急行に比べて鈍行は何か劣ったものという印象があるが、鈍行には鈍行の良さがある。列車が停まる度に美しい虫の音が聞こえるではないか。何事もスピードの求められる時代だが、人生を楽しむには速いばかりが能ではない。まして詩を作る身にとってはなおさらである。

星飛ぶや星の名前の寝台車　齊藤　實

作者は夜行列車に乗って旅に出ようとしているのか。あるいは、流れ星を見て「北斗星」というような名前の寝台車に乗ったときのことを想起しているのかもしれない。いずれにしても読者は、この句に一つのロマンチシズムを感じないわけにはいかない。秋の澄んだ夜の空気の中を、流れ星の飛ぶ中を列車は行く。旅への夢を載せて。この列車は、星の中を旅する銀河鉄道のようにも感じられる。

ひょっとこの隠れたばこや夏祭　今瀬一博

夏祭の夜、ひょっとこの面を被った男が煙草を吸っている。それだけでも十分に面白い。しかもこれは「隠れたばこ」である。煙草を吸ってはならない者が、ひょっとこの面に隠れて煙草を吸っているのである。それは、人生に未熟な少年の行為であるかもしれない。諧謔味のある句でありながら、一つの詩的真実を捉えている。

竜淵にひそみし逆さ筑波かな　石川笙児

「竜淵に潜む」は、中国の故事に基づく想像上の季語。作者の眼前に、深く澄んだ静謐な秋の水が広がっているのである。そこに紺色の筑波山がくっきりと美しい影を落としている。季語のイメージを生かした映像感豊かな句である。下五の「かな」止めが、一句の声調を美しいものにしている。

聖鐘や秋天の星ふるはせて　林　玲子

きらめく星。星月夜。その星の輝きを震わせるようにして聖鐘が鳴り渡る。あたかも星の光に共鳴するかのように。秋の夜は空気も澄み渡っていよう。洋風の乾いた鐘の音が読者に響いてくるかのようである。あるいはヨーロッパ等での海外詠なのかもしれない。アルプスの白銀の嶺々も間近にあるのかもしれない。大きな空間の広がりに惹かれる。「聖鐘や」の省略の表現も利いている。

（「沖」平成二十四年一月号）

②滅びの季節

秋は滅びの季節。それを感じさせる幾つかの秀句に出合った。

浜 菊 の 断 崖 咲 き を 矜 持 と す　　能村研三

浜菊が断崖の上に咲いている。断崖に咲いていることを誇りとするかのように。断崖という危うい処に生を享け、そこにせいいっぱい咲く浜菊の姿に、作者は清らかさとその矜持とを見て取ったのである。人も自らもかくありたいものと、作者は言外に述べているかのようである。自然の風景の写生に始まり、それを超えた深い観照の力に打たれる。

かなかなや水底に似て森の日矢　　田所節子

蜩の声の聞こえる初秋の森。木々の隙間から美しい日矢が射している。この美しい景を作者は「水底に似て」と表現している。この句には、現実の世界からひとつの夢の世界へと引き込まれていくような読後感がある。それは作者の詩ごころの豊かさの産物である。メルヘンともロマンとも言える一句。

声かけて開くる子の部屋夕月夜　荒井千佐代

子の部屋といえどもいきなり開けては礼を失する。声をかけてから開けるというところに、子に対する細やかな気遣い、愛情が滲み出ている。作者の心の床しさが感じられる。そしてそれは、意識して一句に表現することの難しい世界でもある。また「夕月夜」が何とも美しい。それは作者と子との人間関係のうるわしさのようでもあり、子の存在のうるわしさのようでもある。季語が象徴的に働いている。

残る虫かそけきちからつかひけり　辻　美奈子

秋も深まって、取り残されたかのように間遠に鳴く虫。そこに作者は「かそけきちから」を見て取った。それは幽かな力だが、そこには滅びゆく命の大いなる力が感じられるというのであろう。そういう目の向け方に深く心を惹かれる。〈秋蝶のつひの高さと思ひけり〉にも、滅びゆく命への愛惜の念が切実である。身近なものの命を見つめることは、同じ生き物である自らの命を見つめることにも通じよう。

星あまた研ぎ澄まされて野分あと　細川洋子

野分の去った後は空気が一変する。空中の塵も雲も吹き払われたようで何とも清々しい。そういう野分後の空気を作者は「星あまた研ぎ澄まされて」と描いている。美事な観照である。自然の姿を描いただけで情感の伝わる句である。

すさまじや鮪の目玉拳ほど　楠原幹子

眼前直覚の句。眼前にした鮪の目は拳ほどもあったという。その描写が何ともリアルで、鮪の体の青黒い輝きや海魚の生々しさまでもが伝わってくるかのようである。「すさまじ」は、晩秋の冷然、凄然とした雰囲気を示す季語であり、それがこの句では生きて働いている。

病名を告げねばならず鳥渡る　鈴木良戈

深い憂いの感じられる句である。渡り鳥を仰ぎながら、自らの心の内の憂いをまざまざと自覚し、溜息をついている作者の姿が見えてくる。告げねばならない病名は恐ろしい病名であろう。それを告げることで相手の運命が変わってしまうかもしれない。病名を告げられたその人は、絶望の淵に沈むかもしれない。苦悩の極みに立つかもしれない。しかし、今作者はそれを告げねばならない。重い内容をさらりと述べて、心に響く句である。

訪はばまた舞茸狩に誘はれむ　水上陽三

「また」とあるから、既に一度は舞茸狩に誘われたのである。そして遠慮なくそれに応え、舞茸狩を楽しんだのであろう。そして、友を訪ねたならばまた楽しい舞茸狩に誘われるであろうと思い、楽しい心持ちになっているのである。その友とは若い頃から水魚の交わりをしてきた間柄なのであろう。仙郷に遊ぶような楽しい句である。

半顔は夕日に窶れ菊人形　　森岡正作

命ある菊を咲かせて人の姿に作り上げた菊人形。その香り高い菊人形の顔半分が夕日にやつれてしまったという。この菊人形は高貴な女人の姿を象ったものに違いない。生きた菊の花で作ったものであるから、菊人形の命は菊の花の命に等しい。決して長いものではない。ほんの僅かな間に滅んでいかなければならない菊人形が何とも哀れである。菊人形という存在を深いところで見て取った、観照の力の確かな句である。

土手本流畦は支流の曼珠沙華　　諸岡和子

川土手の上にも畦の上にも曼珠沙華が一面に咲いている。その鮮やかに咲く様を「本流」「支流」という言葉で川の流れとして捉えた比喩が卓抜である。曼珠沙華の群れ咲く様は、本当に川の流れのようである。それを揺らす風の流れまでもが見えてくるかのようである。〈拳骨は親指かくすわりんの実〉のリアリティーにも惹かれた。

立ちしまま命失せゆく曼珠沙華　　古山智子

曼珠沙華はひとしきり燃えるように咲き、しばらくして火が吹き消されるように萎れて消えてゆく。後には青々とした茎が残るばかり。この句の「立ちしまま命失せゆく」の表現は、そういった曼珠沙華の姿をまざまざと描いている。これも滅びを描いた一句。

　　積み重ねられて香の満つ今年藁　　武藤嘉子

　近年は農業の機械化が進み、コンバインで刈り取られた後には細かく刻まれたものが残るだけで、藁を目にすることも少なくなった。しかし、この句の「今年藁」は何とも新鮮で懐かしい。「香の満つ」からは、取りたての藁のあたたかみや匂いがリアルに伝わってくる。藁の中に潜ったり藁の上で遊んだりした筆者の少年時代が甦るかのようである。

（「沖」平成二十四年二月号）

③観照の力

みちのくの海を想へり初明り　　能村研三

作者は今、初明りの中に立っている。曙の光を受けて周囲が次第に明るくなってくる。手を合わせて目を閉じて祈る。改まった気持ちで迎える年の始めの厳粛な一刻である。そのとき作者の脳裡をよぎったものは、昨年大震災に見舞われた「みちのくの海」であった。大津波を思い、瓦礫を思ったことだろう。そして初明りの中で亡くなった人々を悼みつつ、みちのくに良き年よ来たれ、復興の光よ降り注げ、と念じたに違いない。「海を想へり」に万感が込められている。自らの心の内を観照するところから生まれた深みのある一句である。

菊の香の残つてをりぬ花鋏　　宮内とし子

菊を活けるために剪った花鋏である。そこに菊の匂いが残っていることに作者は気づいた。その感性がみずみずしい詩情を醸している。この句には、花鋏に残る菊の匂いが読者に直に伝わってくるようなリアリティーがある。花鋏が匂いを帯びて濡れている様子なども頭に浮かんでくる。この句にも、ものを見つめる観照の力が働いている。

枯野来て学生寮に灯のともる　辻　直美

蕭条たる枯野の夕暮れ。目の中の一つの建物に灯がともった。枯野を来た心が明るむような一瞬である。その灯は学生寮の灯であった。その温かな灯の下にどんな若者が暮らしているのだろう、どんな青春ドラマが展開しているのだろう、と想像を逞しくさせられたことだろう。自らの青春の思い出も懐かしく甦る。

冬三日月風のすさびに研がれをり　北川英子

まさに冬の黄昏の景。冷たく鋭い光の三日月が見える。寒風のなすがままに、風に研ぎ澄まされたかのように。さらりと詠まれた景だが、読む者に強い印象を与える。季感の濃さ、切り取った景の美しさに魅了されるのである。観照の利いた作品である。

芒原うねるは風の大蛇《おろち》かな　久染康子

風に晒される芒原の大きなうねりが見えてくる。うねりはまさに「大蛇」が通り抜けて行った跡のように見える。大胆な比喩を使いながら、実景をありありと浮かび上がらせるリアリティーがこの句の魅力である。広い芒原に作者と共に立っているような読後感がある。

目測の精度高まり猟期来る　　秋葉雅治

「猟期」は冬の季語。その猟期が訪れたとき、作者は自らの目測の精度が増したように感じられたというのである。獲物を狙う狩人の鋭い眼光が見えてくる。長年狩猟に携わった人でなければ、この感じは味わえないのではないだろうか。作者のみに感じられる不思議な感覚を、読者も追体験させられるようで味わい深い。自らの内を深く観照して成った句と思う。

露びつしりと置き去りのオートバイ　　上谷昌憲

作者は先頃〈道を訊くために花買ふ巴里祭〉の一句で、第十八回俳人協会俳句大賞に輝いた。掲出句は、置き去りにされたオートバイに露が降りているという景を描き切っている。置きっぱなしになっているのか捨て去られたのか、オートバイという無機質な存在であっても、露に晒されている様は何とも哀れである。そういう情を一切表にせず、オートバイと露だけを鋭く切り取って描いたところがこの句の魅力である。作者の、ものに注ぐ目の力の鋭さに打たれる。

待たれゐるわが家のありて秋の暮　　田所節子

外出して遅くなった主婦の感懐。日暮れの早い秋、もう暗くなってしまった。家では家族が夕食の仕度の始まるのを待っているのかも知れない。待つ身も待たれる身も切ない秋の暮。家族というものの存在が何とも温かい。

真珠いま育ちてをらむ月明り　栗原公子

月光の下に真珠養殖の海が開けている。海にはたくさんの真珠貝が眠っている。作者はその真珠貝の中に美しい真珠が育っている様を想像して一句としているのである。月光が真珠の輝きを想起させたのであろうか。月光と真珠の輝きとが響き合うようであり、何とも美しい。

身綺麗にするも冬支度のひとつ　石川笙児

自らを美しくすることも冬仕度のひとつであるという。冬という季節は殺風景で、身を美しく保つことも冬を楽しく過ごすための一つの力になるに違いない。美というものが人の心を救うのである。この句の破調の中に美しい叙情を感じるのは私だけではないだろう。作者の心の清潔さまでもが匂ってくるような一句である。

虫しぐれ島は大きなオルゴール　七種年男

虫が鳴き頻って島一つが大きなオルゴールのようだという。オルゴールという懐かしく美しい存在を比喩として用い、情感の籠った句としている点に心を惹かれた。

花嫁を待つ秋麗の大鏡　大沢美智子

青く晴れ渡った爽やかな秋の日、大きな鏡が花嫁の来るのを待っているという。何と美しい場面を一句にしたものであろうか。鏡に映る花嫁の衣裳は日本風の白無垢であろうか、それともウエディングドレスであろうか。その鏡の前に来る瞬間が何とも待ち遠しい。花嫁を待つときめきは新郎のときめきであり、その場に居合わせたすべての人のときめきでもあろう。「秋麗の大鏡」が澄み切って美しい。

（「沖」平成二十四年三月号）

④俳句の読み

俳句の読みには二通りの読みがあるように思う。ひとつは、正しいと思われる一つの解釈に収束していく読みである。これは、作者の人格や思想、境涯や作者の生きた時代性など、あらゆる資料を駆使して一つの正解にたどり着く、いわば研究者の読みである。もうひとつは、一句の示す意味内容を捉えた上で、その句の余白の部分を読者の自由な解釈に任せる読みである。多くの秀句は、創作当初の作者の周辺事情から離れて、読者によって自由に読み広げられることで、多くの人々に愛される名句となって行くのである。私の読みがほんの少しでも何かの役に立てば幸いである。

◇

歳晩や朱を極めたる火伏護符　　能村研三

歳晩、年の暮。野も山も枯れ果て色彩を失う。火災予防を呼びかける消防車が回ったり、拍子木を叩いて夜番の人が回ったりする季節。そんな季節に、火伏神よりいただいた護符が朱を極めているという。その赤さは炎の恐ろしさを感じさせるようでもあり、火伏神の力を印象付けるかのようでもある。満目荒涼とした季節の中にあって、そのお札の鮮烈な色彩感が詩情を呼ぶかのようで印象深い。

短日のきちんと疲れゐる体　辻　美奈子

十二月頃ともなると、まさに短日という感じになる。慌しい一日が一層慌しく、あっという間に日が暮れる。そんな中で、一日の終りには体が疲れていることを実感するという。「きちんと疲れ」という言葉から、一日の疲れの中に、生きているということの実感を捉えて表現しようとしていることが感じられて、心惹かれた。

冬虹や海へはみ出る高速路　上谷昌憲

海へはみ出すようにして走る高速道路。そこに冬の虹がかかっている。冬の虹と高速道路との対比が鮮やかで、印象深い叙景句である。「冬虹や」の「や」の切字が景に立体感をもたらしているようである。二十一世紀の現代というものの姿を景として描き切っている句である。

義士の日のアンテナの向き正しをり　北川英子

「義士の日」は、赤穂浪士が吉良邸に討ち入り主君の仇を討った十二月十四日。「義士の日」とアンテナの向きを正したこととがどう繋がるのか。そこに注目した。その日テレビでは『忠臣蔵』の長時間ドラマを放映していたりする。アンテナの向きを正さなければきれいな映像を見ることはできない。死を覚悟して討ち入った義士たちと、テレビに興じる現代の人々の心情との対比が何とも面白い。季語と内容とが離れ過ぎているようでもあるが、そこが魅力でもある。

蓮根掘の一服ひたひの泥乾き　荒井千佐代

〈蓮掘りが手もておのれの脚を抜く　西東三鬼〉の句があるように、蓮根掘は泥沼に腰まで浸かって行う重労働である。蓮田の畦に腰を下ろして休憩している人の姿をしっかりと観て、詩情を引き寄せている句である。「ひたひの泥乾き」が労働の厳しさと、そこに生きる人の現実をリアルに感じさせてくれる。そのリアリティーに打たれる句である。

京菓子のどれも淡色初しぐれ　河口仁志

「京菓子」は干菓子であろうか。「どれも淡色」が京菓子の美しさを存分に表現している。とろけるような舌触りまでもが想起させられる。美しい京菓子と「初しぐれ」の季語の取り合わせのよろしさに惹かれた。京都の初冬の時雨の情感が伝わってくるようでもある。

宇宙より帰還してくる神の留守　吉田政江

二十一世紀を迎えた現代。宇宙開発が進み、次々に宇宙飛行士が宇宙へ送られ、そこで活動する様子が放映されたりする。この句では、活動を終えた宇宙飛行士が地球へ帰還してくる日が神の留守であるという。大気圏突入などの危険を伴う地球帰還である。誰もが神に祈りたくなるのであるが……。そこにこの句の真骨頂があるように思う。滑稽感が抜群である。科学の力の発達した現代、神が居なくても地球帰還は容易なのであろうか。

瞳てふ愛発信機冬さうび　　千田　敬

「口よりも目がものを言う」といわれるが、まさにその通り。円らな黒い瞳こそが、胸の内に秘めた愛を発信しているというのである。「瞳」という言葉は「目」という言葉に比べて使いにくい言葉のように思われるが、この句ではそれが美しい輝きを放って読者に迫ってくる。「明眸」という言葉がぴったりであろう。「冬さうび」の季語もいきいきとしている。

双手もて受くる傘寿の初ごよみ　　渡辺輝子

「傘寿」は八十歳のこと。自らの傘寿を寿ぐ心持ちにあふれた一句である。汚れのないまっさらな初暦は、未来への希望の象徴のようにも感じさせられる。「双手もて受くる」の表現は、初暦が天からいただく祝いの品であるかのような不思議な感じをもたらす。天の祝意を受け、感謝の思いも言外に秘められているように思う。一句の言葉のリズムのよろしさにも惹かれる。

冬安居思ふより死は早く来る　　吉武千束

「冬安居」は冬のある期間、僧が一堂に集まり修行や研究に励むことを指す季語である。そういう様子を見るにつけ、人の世の無常を深く感じるという句であろう。それにしても「思ふより死は早く来る」は恐ろしい言葉である。それが、長い年月を生きてきた作者の実感なのであろう。人の世の悲しい真実をぴしりと捉えて、美事に一句に封じ込めている。

（「沖」平成二十四年四月号）

⑤一点を描く

断崖の松の根力春寒し　能村研三

春の寒さの続く中、一本の松が断崖にせり出すように聳えている。太い根が隆々と断崖に突き出し、岩の中にめり込むように剝き出しになっている。それを作者は「根力」という言葉で描き切っている。それは、断崖という厳しい状況に生きる松の生命力を象徴しているようであり、読者の心に響く言葉である。一つの景を深く観照し、最も重要な一点を描くことによって、力強い一句となっている。景に迫力があり、リアリティーがあることにも惹かれる。

松過の夕星ひとつ新しく　辻　美奈子

お正月気分も薄らぎ平常の生活に戻ろうとする「松過」。作者は夕方の空を仰いで、新しい明星を見つけたような気持ちになった。その星はいつもの一番星であったかもしれないが、作者には新しい星と感じられたのであろう。それは作者が、人生の新しい局面に踏み込んだことを意識したからに違いない。あるいは、新しい輝く何かを自分自身の中に見つけたのかもしれない。夕星の美しさと共にその叙情感に心を打たれる。

光りつつ消ゆる星々大旦　上谷昌憲

元旦、初日を迎えると、それまで夜の帳の中にあった空は一気に明るくなる。それまで輝いていた月も星も、たちまち光を失っていく。その自然界の一瞬のドラマをリズムよく一句に描き上げている。一点を描き切っている。旧年より新年へ、暗から明へと移る自然界の動きを描きながら、「大旦」のめでたさも十分に感じさせてくれる句である。

志ありて初髪高く結ふ　渕上千津

「初髪」は新年に女性が初めて髪を結うことを指す。高い志があって、その思いを胸に髪を高く結わえたということ。何とも気品のある句である。志があることのすばらしさ。日本の女性の矜持を自らの中に見出して詠い上げている句である。

仰ぎ見る面輪の永久にあたたかし　羽根嘉津

作者は大切な人を失ったのであろう。今は遺影を仰ぐのみとなった。その遺影の顔が笑みを含んで穏やかで、あたたかく感じられるというのである。「永久にあたたかし」の「永久に」が詩情を醸しているように思う。その人は亡くなって、作者にとって永遠の存在となったのである。亡き人を、悲しみと共に胸に刻む句として美事である。

カウンターへ片手袋の忘れもの　　佐山文子

ホテルか酒場のカウンターであろうか。片方の手袋が置き忘れられ、忘れ物となっているという。何げない出来事であるが、それを俳句という器に収めて表現してみると、一つの詩情を醸す存在となるから不思議である。日常から、目にしたもの耳にした事を俳句表現に結びつけようとする努力なくしては、このような句は生まれない。

透明になるまで祈る寒北斗　　松井のぶ

この句には、何が透明になるのか書かれていない。身も心も透明になるまでということであろうか。あるいは、すべての存在が透明になるまでということかもしれない。そういう余白の部分に魅力がある。祈りは人間だけのものである。他の動物にはない。昨年は東日本大震災にも見舞われた。この世には人間の力の及ばない出来事がいくらでもある。人はひたすら祈るしかない。「寒北斗」の季語が美しく鮮やかである。

初雪やこけしはしんと細目して　　高橋あさの

みちのくの雪国のこけしであろうか。静まり返った部屋の中にこけしが置かれている。細目をしてすまして動かないこけし。そこに初雪がちらほらと舞い始める。窓ガラスにもこけしと雪が映っているだろうか。美しく静謐な空間を描いて、詩情の濃い作品となっている。

冬麗やとなりの駅の見ゆる駅　小嶋洋子

空の青く澄んだ冬の日、隣の駅が見える駅に居るという。隣の駅が近くてよく見えるという都会の景ではなく、眺望が開けているということであろう。大きな空間の広がりが「冬麗や」の上五から感じられる。旅の途中の景であるのかもしれない。感動の核となる事柄をしっかりと捉えて、簡明に一点を描くことによって成った句である。

木枯は海恋ひ人は人を恋ふ　掛井広通

〈海へ出て木枯帰るところなし　山口誓子〉の句もあるが、この句では木枯らしが海を恋しく思うという。木枯らしはいつも南の海を目指して吹き渡って行くもの。それが「木枯は海恋ひ」の表現なのであろう。それが自然界の真実である。それと対句をなすように、「人は人を恋ふ」と表現している。これは人間界の真実である。自然界の真実と人間界の真実とが、対句となってダイナミックに表現されていて、力強い句となっている。

街が灯を落しはじめる雪催　甲州千草

夜が更けて街の灯が一つまた一つと消えて行く頃、空は雪催い。暗くなった街にさらさらと雪が降り始めるのも間もなくのことだ。夜が明ける頃には、街はすっぽりと雪に覆われていることだろう。街の灯が消えて行き雪が降り始めるという景は、西洋映画の一場面のような美しい情景である。

この一瞬を、この一点を描くことで、この句は詩情豊かなものとなっている。

白鳥に取り巻きと言ふ鴨の数　池田　崇

白鳥がたくさんの鴨に囲まれている景はよく見かける。人々の目は白鳥に引き付けられ、鴨のことは気にかけていないことが多い。白鳥を取り巻く鴨を描くことで、鳥の女王のような白鳥というものの存在感をうまく描き取っているように思う。余計な力の入らない、さらりとした詠みぶりがよい。

（「沖」平成二十四年五月号）

⑥鮮明な景

初明かりこの世の端に寝起きして　荒井千佐代

年の始めのめでたい風景の中で、自分自身の存在を見つめて描いている句。「この世の端に」の表現に注目した。地球の片隅に生きているという庶民的な現実認識を表現したものであると同時に、彼の世に近い「この世の端に」居るという思いも汲み取れる。それを「初明かり」と取り合わせているところに、俳諧味を感じさせられた。

引力のとどかぬ世界滝凍つる　宮内とし子

滝は、普段は引力によって下へ下へと落ちつづける。しかし凍滝は引力が届かぬかのように、落ちつづけることを止めてしまっているということであろうか。しかし、それだけではない。落ちつづける滝の形のままに動きを止めている凍滝の姿をありありと読者にイメージさせるところが、この句の魅力である。「引力」のことを言っているようで、実は凍滝というものの姿を鮮明に描いているのである。その景の鮮やかさに打たれる。

昇竜のやうな夕雲寒明ける　菅谷たけし

寒が明け春が訪れようとしている日の夕暮時、「昇竜」のような雲が見えたという。この景には、これから訪れる春への期待感、希望のようなものが象徴されているように感じられる。描かれている景が鮮明でいきいきとしている。

走り根の瘤の浮きたる雪間かな　河口仁志

春が訪れ、雪が解け始めて斑となった雪の隙間に、地面より先に根瘤が浮いて見えてきたという。身辺をよく観て鋭く描き取った句である。走り根が雪間に浮いているという景はリアルで、日本画を見るように印象鮮明である。

山笑ふ吾は苦笑の物忘れ　渕上千津

「物忘れ」の哀しさ。しかし、作者はそういう自分自身を見つめて表現することで、それを笑いに変えて一句としている。「山笑ふ」という季語も含めて、もの哀しい笑いが読者を包むかのようである。一句を成すことで作者自身も救われているに違いない。俳句とはそういう力のある文芸なのだと改めて思う。同じ作者の〈梅にほふ最晩年の朝鏡〉にも心を打たれた。

息かけて雛の髪の癖直す　湯橋喜美

丁寧に雛の髪を整える作者。雛の髪にも癖があるのだろうか。そう詠まれてみると、あるように思われてくる。作者は雛を生きているもののように愛しんで句としている。そのことによって、雛に命が宿っているかのような印象を生み出している。雛の黒髪の命が匂ってくるようで心惹かれる。

雨戸繰るまづ雛段に光射し　吉田政江

同じく雛の句。早朝、雨戸を開けて家の中に光を通す。そのとき、まっ先に光が射したのは雛段であったという。匂うような美しい雛が、暗闇の中から朝日を浴びて輝き出したのである。その一瞬の光芒を掬い取って描き、強い印象を与える一句としている。景の鮮明さに打たれる。

竜骨のやうな榾焚き夜を徹す　森岡正作

「竜骨」は、船底の中心線を船首から船尾まで貫通する、船の背骨のような木材。しかし、「竜骨」の言葉からは固くごつごつした竜の骨のようなものを連想させられる。そんな大榾を焚きながら夜を徹したという。一句全体の調べも力強く、作者の男性的な強い意志のようなものが迫ってくるようで、心惹かれた。

家の前いつも通る子卒業す　成宮紀代子

家の前をいつも通る子は他人の子であるが、「卒業す」からは幽かな祝意が感じられる。何げない日常を詠んだ句だが、作者の、近隣の人々に対する温かなまなざしが感じられ、ほろりとさせられる。人は親や教師のみでなく、地域の人々の支えによって成長していくものと、改めて感じさせられる。

散髪のはじめ眼を閉づ花八ッ手　　広渡敬雄

何でもないことが句になっている。しかし読者は、本当にそうだと強く共感させられる。この句は、誰もが感じ体験していながら、しっかりと認識し表現するに至っていない詩的な真実をはっきりと言葉として捉え、表現している句である。淡々とした表現でありながら、深いものを捉えているように思う。「花八ッ手」の地味な季語も生きて働いている。

赤い実は赤を極めて寒波来る　　福島　茂

まず、景の鮮明さに打たれる。赤い実の赤さと共に、身を切るような寒波が読者の胸に突き刺さってくるような感を受ける。その鮮明さを生むものは何か。それは観照の深さであり、内容を十分に省略し単純化して、一点のみを見つめて描いた結果ではないだろうか。

風花や触るれば曇るサキソフォン　　林　昭太郎

風花の舞う寒い日、真鍮製のサキソフォンが、触れた手の温もりによって曇りを帯びたという。

その幽かな変化を捉えて詩情を見出しているところが美事である。心を研ぎ澄まして、澄んだまなこでものを見つめ、詩情を発見しようとしている作者の姿が見えてくる句である。

◇

「『沖』の俳景」を書くのも今回が最後となった。毎回「沖」の珠玉の作品に魅了されながら、何とか書き終えることができた。行き届かない文章で申し訳なかったが、今はこのような機会を与えて下さった能村研三主宰、辻美奈子編集長を始めとする「沖」の皆さんに対する感謝の思いでいっぱいである。ありがとうございました。

（「沖」平成二十四年六月号）

Ⅲ　句集鑑賞

①鎌倉佐弓句集『潤』鑑賞

句集『潤』(牧羊社処女句集シリーズ15)の作者・鎌倉佐弓さんは昭和二十八年生まれ。埼玉大学在学中から創作を始め、現在は俳誌「沖」同人として活躍中である。

句集『潤』は、作者の二十代の歩みを封じ込めたもの。一句一句に青春の起伏がみずみずしく匂い立つ句集である。「トパアズ色の香気」そんな言葉を思い出させる美しい句が多く、発想が柔軟で、常に新しいものを追求しようとする姿勢が感じられる。また、作者の内蔵する深い思いは自然観照によって具象化され、読者に鮮明な印象を与えている。青春の孤独や悲傷や歓喜が、自然の光にあふれた美しい構図の中で、詩的に結晶しているのである。

◇

安房は手を広げたる国夏つばめ

巻頭の一句。学生時代の旅吟と思われるが、心の広がるような明るさは、俳句とめぐり合った喜びのようにも感じられる。

泳ぎゐし夢はその先までゆかず

きつかけのもうつかめずに夏燕

様々なあこがれや達せられない夢が身の回りに散乱している学生生活。そのかすかな傷心が、若々しい息づかいとして伝わって来る。

下萌えと見ておほかたの枯れに座す

春塵の少しずれたる本の位置

ものを見つめる目の確かさ、観照の深さに心をひかれる。写生の中に、早春のほのかな情感が鋭く射止められている。

父あらば帰る時刻の花菜畑

菜の花の明るさが作者の悲しみをいっそう際立たせ、菜の花の匂いが胸にしみるようである。同時作の〈父亡くて春の川越す石つぶて〉では、悲しみが春の憂いによっていっそう深められ、作者のやるせなさは石つぶてとなって具象化されている。

夕映えの端からくづすかき氷

「夕映え」の色彩感と「かき氷」の量感。この一編の真夏の絵画は、読者にたくさんのドラマを想像させるロマンチシズムにあふれている。

遠回りしてもひとりの鰯雲
烏瓜振り向くまでもなくひとり

ひとりであることを何度も味わい直す姿が印象に残る。遠回りして帰らねば気が済まないのも孤独。後ろをふり向くことを思い立つのも孤独。鰯雲は遠くはるかなものへの思いを誘い、烏瓜の赤さは孤独感を自分自身に突きつけて見せる切っ先のようなもの。

歳晩の背後を扉開きをり
折鶴の嘴さへづりに向けて置く

写実の中に心象のこもる深みのある作品。大晦日の夜、背後に開いている扉には新年に対する作者の期待と願いが込められているし、折鶴の嘴を囀りに向ける行為には、命のない折鶴に命を吹き込もうとする作者の夢が感じられるのである。

夕焚火通りすがりの喉てらす

「喉」の一語が異様な響きを持つ。「喉」という言葉には、生々しい現実を感じさせる力があるように思える。これは、薄闇の中に浮き上がった男性の喉仏なのではないだろうか。そんな作者の視点には、杉田久女のような激しい情念さえ感じられる。

硝子戸の奥に母ゐる桃の花

母が存在することの明るさと安らぎ。故郷の硝子戸には、母の姿と桃の花とが二重映しになっていたかもしれない。桃の花は母の存在や女性本来の美しさを象徴し、母と作者とを一つに結びつけているように思われる。

春川の教卓からは見えぬ水

川があれば水面が見たくなる。しかし、作者の立っている教卓からはそれを見ることはできない。日常誰もが感じている束縛感が一句に定着され、共感を呼ぶ。教師にも誰にも、水面を見たいと思う幼い心は残されているのである。

句集は巻末に近づくにつれてみるみる明るさを増す。隠しきれない歓喜が一句一句にあふれ出すのである。

鴨が鴨とあふまでの水尾長かりき

鴨の引く水尾に、男女が幸福なめぐり合いをするまでの長い過程を思う。「水尾」はすなわち、作者自身の足どりなのではないだろうか。

遙かよりもう鳥でなく燕来る

単なる鳥ではなく、燕だと確信を持てること。そこには、今までとは違う、自信と喜びに満ちた作者がいる。句の調べ全体に、新しい幸福な時代を見出した作者の歓喜を感じることができるのである。

◇

このように句集『潤』は、どこまでも俳句の春春性を謳歌した珠玉の句集である。句集『潤』に心からの拍手をおくり、鎌倉佐弓さんの今後のいっそうの御活躍をお祈りして、拙い鑑賞の筆を置くことにする。

（昭和五十九年六月）

②無垢なる光輝――上田日差子句集『日差集』を読む

『日差集』の作者・上田日差子（うえだ・ひざし）さんは昭和三十六年生まれ。俳人・上田五千石氏の長女である。『日差集』の序には、日差子さん誕生当日の五千石氏の句が句集『田園』より抽かれている。

春月の暈も円かに聖受胎　五千石
みどり子に光あつまる蝶の昼　〃

等々。当日二十七歳だった青年・五千石の生命賛歌の句に、二十七歳で処女句集を上梓した娘さんへの限りない愛と祝福の思いが重なる。

◇

句集『日差集』の魅力は、弾むような潑剌たる青春俳句の魅力である。

冬木みな手を挙げてをり合格す
緑蔭にテニス敗れし身を投ぐる

ごく初期の二句。動的な把握、感情をいっぱいに盛り込み全身で表現しているところに、十代の息吹が感じられる。

利休忌の白紙にちかき置き手紙
愛称に始まる旅信風光る
夏空へ連弾自転車ベルの音
イニシアルでをはるペンション避暑日誌

「白紙にちかき」の意外性と真実味、「利休忌」にもはっとさせられるものがある。以下、明るく楽しく、いかにも現代の青春にふさわしい風物が軽やかに詠われている。「や」「かな」「けり」といった切字の使用を抑えて、独自のリズムを奏でようとする努力もみられる。三句目・四句目の中七から下五へかけてのリズムは弾むように快い。

岩手山より炎帝の躍り出る
涼しさの牧の雲間の賢治星
涼し黒板「下ノ畑ニ居リマス」と

等、宮沢賢治の童話の世界を求めての旅吟に、集中最も充実したものを感じる。賢治の生きた空間に、読者を深く引き込んでいくような魅力がこれらの句にはある。

緑蔭の中に詩神を待ちぼうけ

行方まかせのとび乗りバスは花野行

ユーモアがあり、屈託を感じさせない詠みぶりが楽しい。

霾るや歌集に恋の字を拾ひ

出目金の話したがりの黒まなこ

羽衣といふしろがねの金魚舞ふ

ねむること友におくれて露こぼる

軽々と詠んでいながら、ものを見つめ、自己を見つめる目にも確かなものが感じられる。人間臭い出目金の存在などは、自己の心象をユーモラスに表現したものとも考えられよう。

焚火より火の粉楽団とび出せり

白波の聖者行進夏来る

「火の粉楽団」「聖者行進」等の表現に、作者の発想の自在さとウイットが感じられる。機知の豊かさ明敏さもこの句集の特色の一つである。リズムがよく平易で明快で、楽しいことこの上ない

『日差集』の句は、俳句にかかわりの薄い一般の読者にも十分に迎えられ、話題を提供しそうな魅力を持っていると思う。一方、少々饒舌に流れる傾向もないわけではない。

◇

いずれにしても『日差集』は無垢な魂の生んだ清純な青春賛歌であり、輝かしい青春の記念碑である。これを出発点として、三十代、四十代へと人生航路を進めてゆく作者がどのような句境の深化を見せるか、今後のご活躍を心からお祈り申し上げる。

（昭和六十三年十月）

③句集に学ぶ『倉田紘文集　自解100句選』について

この句集は、牧羊社から出版されている自解句集シリーズの一冊である。作者が一〇〇句を自選し、それぞれについて一句の成立した背景や作句にまつわるエピソード等を書き加えたもので、自解を通して作者の人生や俳句観が見えてくる味わい深い句集である。ただし私自身、倉田紘文氏の俳句に接するのはこれが初めてであるから、作品を鑑賞するにあたっては初めから自解に頼るのではなく、句会の席で初めて句に接するときのような気持ちで一句一句について選句を試みた上で、選句を確かめながら自解を読み味わうように心がけた。句の鑑賞にあたり、初めから作者の自解に頼るのは本道でないと判断したからである。

作者の倉田紘文氏は昭和十五年生まれ。高野素十に師事し、俳誌「芹」に学び、昭和四十七年より俳誌「蕗」を主宰し、大分県別府市に在住している。俳誌「蕗」は若々しい主宰の下、誌友四〇〇名を数える大結社と伺っている。

師・高野素十は〝4S〟の一人として俳句史上に名高いが、秋桜子や誓子とは作風も生き方も趣を異にしている。秋桜子や誓子が虚子の客観写生に反発する形で華々しく現代俳句の歴史を切り開いたのに対し、素十は虚子の客観写生を最もよく実践し、深化する形で創作を展開していったのである。客観写生を唱えた虚子の句が主観のひらめきによって輝きを発していたことを考えれば、素十の俳句は、虚子に学びつつ虚子を超えて客観写生に徹したものと言えるだろう。紘文氏は、集中でこの素十の作法を「純客観写生」という言葉で紹介している。現代俳句が新しさや社会性を求めた反動として写生を見直そうとしている俳壇の情勢の中にあって、紘文俳句に多くの注目が集まるのは当然のことと考えられる。

◇

紘文俳句の魅力は、おおらかでのびやかな写生句の魅力である。

阿 蘇 山 系 久 住 山 系 野 焼 き 時　（昭和四十八年、三十三歳）

雄大な山並みと天を焦がす山焼きの炎とが、早春の香りとともに眼前に浮かび上がってくる句である。「阿蘇山系久住山系」と地名を並べただけの単純無比な表現に、九州の自然の明るくおおらかな姿が浮かび上がってくるところに、紘文俳句の魅力と特色が表れているように思う。「野焼き時」の下五も、句のしめくくりとしてどっしりと座った感じを与える。

枯 蓮 の 茎 の 二 つ に 折 れ て 立 つ　（昭和三十八年、二十三歳）
蕗 の 葉 の 大 き く な り て 重 な り し　（昭和四十一年、二十六歳）

夜の明けてをりし二枚の浮葉かな　（昭和四十四年、二十九歳）
神の藤神の大杉より垂るる　（昭和四十七年、三十二歳）
雪渓と大雪渓と合ふところ　（昭和五十二年、三十七歳）

それぞれに自然の生命力が匂い立つような新鮮さが感じられる作品である。素朴にものを見、最も素朴に表現しようとする手法は師・素十の純客観写生を受け継ぐものであり、俳句の骨法を最も合理的に体得した手法ということができるのではないだろうか。

石ひとつ影ひとつある秋日かな　（昭和五十七年、四十二歳）

影を伴った石の冷ややかな存在感がものさびた秋の季感と響き合い、読む者に天地自然の真実のありようを突きつけてみせる。〈石山の石より白し秋の風　芭蕉〉を超えた単純さが胸を打つ。

これらの句によってわかるように、紘文俳句の創作過程にはきわめて息の長い凝視が介在しているように思われる。じっと対象を凝視する眼と心と、無心に自然と対座しようとする姿勢は、師・素十から譲り受け身につけた作者の生き方そのものであろう。ただ単にものを見るのではなく、繰り返しイメージ化し、感動の実態を見極めようとする姿勢は「浮野」の「観照一気」も同じであるが、紘文俳句の写生は「浮野」連衆のそれよりも気が長く、いわば家康ばりの凝視なのではないかとも思う。

創作を急ぐあまり結論を急ぎ過ぎ、対象を言葉でねじふせたり、観念やウイット等に頼ったり、技巧に溺れたりすることを排して、対象が自ら語りかけてくるのをじっくりと待つ。こんな創作態度が想像されてくるのである。その結果、作品は極めて単純化され、わかりやすく、自然な呼吸を備え、上掲句のような生命感と迫力とを備えてくるものと考えられるのである。

また、写生に徹した俳句は自己をあからさまに詠うことをしないものである。母への情を詠った作品では、

秋の灯にひらがなばかり母の文　（昭和四十年、二十五歳）
秋の灯にひらがなばかり母へ文　〃
ひとまはり小さくなりて母涼し　（昭和六十一年、四十六歳）

等、事実に即して表現を抑えて情感を溢れさせている。

末枯れの道のゆきつくところなし　（昭和四十三年、二十八歳）
夜の音の雨だればかり冬の雨　〃

一読してただならぬ寂寥を感じさせる句であるが、自解によるとこれは、作者が生後十七日目の我が子を失ったときの句である。このような重大事件にぶつかったときでも紘文俳句は、決して自然への凝視を怠らないのである。そして、「吾子」や「死」といった安易な言葉ではなく、心象の核心を貫入させた風景によって、読者に無限の悲しみを悟らせるのである。俳句とは、本来このような表現方法を取るべきものなのかもしれない。

同様に師・素十との永訣に際しては、

吹かれ来て石にも止まり秋の蝶　（昭和五十一年、三十六歳）

と詠んでいる。風に流される秋蝶のもの寂しい姿に自己の心象を投影した句であるが、これも意識してそうしたのではなく、作者の自然を凝視しようとする作句姿勢から自然に生み出された作品である。

集中には各地に吟行しての作も多いが、紘文俳句は安易に地名をあかすことをしない。地名の持つ観念的イメージに頼らず、凝視と写生によって一期一会の景を捉え、どの地にも共通する一般的な景にまで昇華された形で、純粋な風景の魅力だけを取り出して見せてくれるのである。

春暁や波倒れても倒れても　（昭和五十年、茨城県・大洗海岸）
滝の音して四五枚の刈田かな　（昭和五十三年、熊本県・五老の滝）
里人の滝を敬ひ草を刈る　（昭和五十八年、大分県・東椎屋の滝）
み佛に少し離れてゐて涼し　（昭和五十八年、大分県・臼杵石仏）

等の句を見てもそのことは明らかである。

紘文氏の自解は、てらいのない語調のなかに傷つき易い純粋な心と、師・素十の教えを遵守し、妥協することなく俳句の本道を求めようとする峻厳な姿勢とが感じられて、ページを繰る速度が次第に増していくのをどうすることもできなかった。

そのうちに私は一つの発見につきあたった。紘文氏の歩みが、わが師・落合水尾の歩みと大いに似ているということである。両者の共通点として、少年時代から俳句を志し、多くの青春俳句を残していること。共に老師に学び、若くして師を失い、自己の俳句の確立を迫られたこと（紘文は三十六歳のとき八十三歳の素十を失い、水尾は三十三歳のとき八十二歳のかな女を失っている）。虚子から数えて三世代目の俳人として若くして俳誌を主宰し、後進の指導に当たりながら、伝統を重んじる立場から新しい時代の俳句を模索しようとしていること（紘文は三十二歳で「蕗」を創刊し、水尾は四十歳で「浮野」を創刊している）等があげられる。また、生まれたばかりの我が子を失うという悲しみを体験していることも共通しているのである。

こうしてみると、遠い存在と感じられていた紘文俳句が、案外「浮野」の俳句に近いものなのではないかと考えられてくるから不思議である。

◇

最後に、純客観写生に立脚した感銘句を掲げて、拙文の筆を擱かせていただく。

次の田に畦の影ある冬田かな　（昭和五十年、三十五歳）
風花のおしもどされて漂へる　（昭和五十三年、三十八歳）
螢待つ闇を大きく闇つつむ　（昭和五十七年、四十二歳）

一本の夏木五本の夏木立　（昭和六十年、四十五歳）

つきあげてあふるる寒の泉かな　（昭和六十一年、四十六歳）

（昭和六十二年七月）

④和泉好句集『海十里』の世界

句集『海十里』は、伊豆下田在住の高校教師・和泉好氏の第二句集で、昭和六十二年から平成十三年までの作品が収載されている。

好氏は昭和十六年埼玉県加須市生まれ。「浮野」主宰・落合水尾先生の実弟である。俳句は中学二年の時に始め、二十四歳の時に「雲母」に入会。昭和五十二年に「浮野」が創刊されると同人としてこれに参加、今日に到っている。俳歴四十五年。毎日俳壇賞、静岡県芸術祭俳句部門奨励賞、谷川賞（「浮野」同人賞）等を受賞している。

◇

作品は、ご自身の生活に密着した人生諷詠を基調とし、伊豆の雄大な自然と文学的風土を詠出。漢語の響きを駆使した姿形の美しい句が読者に鮮明な印象を与える。ちょっとした見立てや機知の働きに頼った句ではなく、自己の内面や自然を深く凝視し観照することによって作られた句が、自ずと読む者の心をとらえる。

天城一塊風吹き出づる秋はじめ

秋の蝶利島へ紺の海十里

前句、「一塊」の漢語の響きが快い。格調がある。古格を備えた句が多いのも『海十里』の特徴である。

後句、一集の表題となった作品。前句と共に「雲母」の巻頭を飾った句でもある。「秋の蝶」は黄蝶であろうか。紺の海との色彩の対比が鮮やかである。雄大な海の景と弱々しい秋蝶の対比も美事。語調の良い完成度の高い句である。

蓬摘む眼下の海と背なの山

「眼下の海」と「背なの山」の対比とリズム。大景を描き切っているところも美事である。「順子・下田北高校へ入学」の前書きがある。娘さんの高校入学を祝った時の句なのである。作者の人生の節目に当る時に作られた句が多く収められているのも、この句集の特色である。同様の句に、

留学の娘の横文字も春隣

子の手紙春浅きパリ伝へ来る

等がある。

「姪・加世子、荒井茂樹君と結婚」と前書きのある句に、

里小春嶺々の高きに鳶の笛

があるが、この句などはふと、

春の鳶寄りわかれては高みつつ　　飯田龍太

の句を髣髴させる。美しい句である。「雲母」に二十七年間学んだ所以であろう。

菜の花や連山蒼む野川べり

伊豆の景というよりも、故郷の平野の安らぎを感じさせる句である。生家のご母堂の下に帰り、ほっとした一時の寸感か。

青春は貧しく眩し苜蓿

「青春」という甘い言葉が一句の中で美事に生かされている点に注目させられる。一句の中でいかに言葉が生き生きと働いているかということも、その作家の力量をはかる指標であると思うが、『海十里』の句はその点が誠に美事である。

冬兆す島荒波の息づかひ

沖波の寒ぶち当る波殺し

荒々しいタッチで大自然の息吹を描き切った作品。一句の独立性が高い。伊豆の風土を描いて妙。迫力のある描写に瞠目させられる。平野に暮らしていては、このような句は得られないであろう。伊豆に住む作者を羨ましくも思う。

　山里はいづこも寡黙夏の蝶
　蒼空に踏む三段の瀧の涼

「寡黙」「蒼空」が一句を引き締め、一句の核を作り、静けさを詠出している点に心を惹かれる。一句の中で言葉が鍛えられ練り上げられているのである。

　灯台の独坐の冬を波が翔ぶ

大海の果てに立ち続ける灯台の孤独。「独坐」の比喩が言葉の不思議を感じさせるまでに美事である。冬の怒濤の押し寄せる岸壁に作者も佇立したのであろう。怒濤と灯台を見つめる作者の胸中には、浪漫の坩堝が滾っているかのようである。

　龍太住む甲斐こそ良けれ桃の花

師を恋う思いの切なる句である。「桃の花」には桃源郷に通ずるものがあるのではないか。そこまで龍太師に心酔したのである。作者は、「雲母」の終刊をどう受け止めたであろうか。察するに余りある。

釣忍世情の機微に淡く棲み

「釣忍」の季語が美事に働いているように思う。好氏は今年三月に定年退職するという。「世情の機微に淡く棲み」は、教師であり俳人である作者の実感なのであろう。ここでも、河野邦子氏が跋文でも述べているように、「淡く」の語のあしらいが絶妙である。

富士いつも祈るかたちに冬が来る

夜桜やいづこにもある崖つぷち

心を惹かれる句を列挙すればきりがないが、すでに紙数が尽きた。

最後に、好氏のご健康と今後のますますのご活躍を祈念し、擱筆することにする。

（平成十四年六月）

⑤蘭草慶子句集『遠き木』を読む

句集『遠き木』を繙いていくと、そこに作者独自の審美眼によって見定められ、洗練された言葉によって描き上げられた華麗な美の世界が展開していく。

『遠き木』は蘭草慶子さんの、『鶴の邑』『野の琴』に続く第三句集である。蘭草慶子さんは昭和三十四年生まれ。東京女子大学白塔会にて山口青邨に師事し、二十代の初めから俳句の道に精進されている。現在は『屋根』『藍生』に所属。平成九年に第二句集『野の琴』で俳人協会新人賞を受賞されている。

『遠き木』は、平成八年から十五年までの約八年間の作品三〇〇句を四季別に収録している。このような形をとると作者の人生が見えにくく、作者の実人生を手がかりに読み解くという方法はとりにくい。それだけに、一句一句の独立性と表現力とが強く求められることになる。

◇

一読して気づくことは、鍛え上げられた確かな写生の眼が創作の基本となっているということである。

蜜蜂の蕊をつたひてまはりけり
裏窓の打ちつけてある石榴かな
走り根の見世物小屋を這ひて冬
獅子舞の歯のかつかつとせり上がる
てつぺんにまたすくひ足す落葉焚

等に確かな写生の眼が感じられる。その上に立って作者の体験した現実を基に、独自の美的世界を創造しているのである。

花びらのごとくに置きて雛道具

毎年雛を飾るときに感じる何ともいえないときめき。作者は女性であるからなおさらであろう。こまごまとした雛道具を「花びら」と見たところに深い共感を覚える。

洛中や大き椿にゆきどまる

京の都の春の絢爛たる美しさ。行き止まりとなったところに大きな椿があり、その花の豊かさに作者は酔いしれているのであろう。「洛中や」と上五で切っているところが巧みである。

支ふとも縛るとも残菊に紐

残菊にくくりつけられた紐が、束縛しているようでもあり、支えとなっているようでもあるという。枯れかけた菊の中に、なおいきいきとした姿を保っている残菊の姿が鮮やかに浮かんでくる句である。また、紐の持つ象徴性に心を引かれる。支えともなり束縛ともなっているものは、最も身近な人の存在なのかもしれない。

空蟬をすこし高きに戻しやる

空蟬なのだから捨ててしまってもよいはずである。しかし、作者はそうはしない。空蟬にも命の存在を感じ取っているのである。だから少しでも高い所に戻してやろうとするのである。形があって命のない空蟬の存在に対する作者の思いが、色濃く出ている句である。

穂芒の海へあふるる壇の浦

壇の浦は平家終焉の地である。実景が目に浮かぶと同時に、滅んでいった者たちの思いが穂芒の命となって燃えさかっているかのような印象を受ける。また、『平家物語』の美しくも悲しい世界が読者の脳裡に展開する。深みのある句である。

句集が四季ごとに季題ごとに編まれているので、作者の季語に対する好みも自然に伝わってくる。そして、その部分が読者に強い印象を与えることになる。蛍と桜を題材とした作品は圧巻である。

雨匂ふ螢火一つ追ひゆけば
螢舟しづかに草を擦りゆけり
ふなばたに立てば螢火はやきこと
土不踏見せてねむれり螢の夜

洗練された作者の美的センスが匂い立つようである。また、桜の句では、

苔濃く花にしづめて糸ざくら
大枝の吹きしなひたる桜かな
この幹を抱かば桜吹雪くべし
間近なる一樹はふぶき花の山

等に心を引かれる。特に一句目は、写生に徹することによって成功している句である。苔の色は花よりも濃く、咲き誇る花の中に沈むようにして存在している。そう見定めることによって景に立体感が生まれている。これに対して三句目は、写生だけでなく旺盛な想像力によって、桜の命の美しさを鮮やかに描き出している。ゆったりと奥行きのある美しい句である。

さらに心に残る句を抄出してみる。

紅梅の散り敷く土の濡れてをり

後の世も猟夫となりて吾を追へ

忘れ去り忘れ去り冬萌ゆるかな

枯草のつきたる象の睫毛かな

臘梅や人待つならば死ぬるまで

◇

このように句集『遠き木』は、写生を基本としながら、作者独自の美的感覚と研ぎ澄まされた言語感覚によって築き上げられた美しい世界を堪能できる、優れた句集である。

（平成十五年十二月）

⑥炎の絵巻――原霞句集『翼を買ひに』を読む

お水取り女人を入れぬ荒格子

上五に季語を据え、下五を体言止めにした古格の備わった句である。東大寺の行事の厳かさと、女人禁制の中での仏道修行の厳しさとが描かれていて、読む者の胸に迫るものがある。「荒格子」の「荒」の一字に俳句表現の魅力が凝縮されているようでもある。

〈修二会いま水天火天せめぎ合ふ〉〈顔上げて火の粉かぶりて修二会かな〉等、浮野大賞受賞作品「荒格子」から採った十六句が句集『翼を買ひに』の山場となって読者に迫って来る。まさに圧巻。この一連の作品はお水取りの炎の絵巻物を見るような映像感を与え、読者を魅了してやまない。そして、

修二会果てて鹿へと戻る眼かな

では、お水取りに魅了されていた眼が我に返り、現実の世界に引き戻される様が描かれていて、その詩的なリアリティーに深く共感させられる。

句集『翼を買ひに』は、原霞さんの第二句集である。それは、落合水尾主宰に師事し、俳句の神髄を会得して、詩人としての自己実現を果たし、まさに翼を得て羽撃こうとしているところの一集である。

◇

句集『翼を買ひに』の底流をなすものは、洗練された表現による清冽なる叙情である。

留学に発つ子を花の空に貸す
冷やかに手中に閉づる山月記

「留学に」の句では、「花の空に貸す」の詩的に飛躍した表現が「花の空」の美しさとあいまって、わが子を留学に送り出す惜別の思いを鮮明に表現している。「冷やかに」の句では、中島敦の小説『山月記』の世界への思い入れがきれいに定型の中におさまって、読む者を惹き付ける。

ブローチは蛍火ひとつあればよく
月に添ふ星あり添へぬ星もあり
後ろより目を塞ぐには冷たき手

蛍火をブローチにするという発想の斬新さにロマンチシズムを感じる。蛍火の美しさが際立つ句である。「月に添ふ」の句では、三日月の傍に明星の添う美しい景が浮かんでくる。そして、人の定めの悲しさのようなものが伝わってくる。「後ろより」では、作者の遊びごころと目を塞ぐ相手への深い愛情が感じられる。

カルメンならきつと手袋嚙んで脱ぐ

初 鏡 紅 差 し 指 に 紅 残 る

「カルメン」の句は、霞さん自身の中に秘められた情熱の発露を見るようである。想像力を駆使した句である。「初鏡」の句では、初鏡の美しさと「紅残る」の発見が鮮烈である。詩的真実を追求してやまない句である。

また、旅で得た作品にも濃厚な叙情味が感じられる。

目 覚 む れ ば 花 の 吉 野 の 山 の 中

冬 晴 に 長 城 万 里 擲 つ や

鷹 一 羽 太 平 洋 に 爪 立 て て

崖 青 葉 十 九 才 の 遭 難 碑

霞さんは、主宰と共に行く「浮野」の吟行会には必ずといってよい程参加している。また、単身旅に出ることも度々のようである。それは、霞さんの常に詩情を求めようとするエネルギーの大きさを物語るものである。純粋さと一途さが多くの秀吟を生んでいるように思う。

万緑や母の葬儀に母探す

悲しみの極みの句だが、それだけではない。「母探す」は、母の葬儀に於ても母に頼ろうとしている自分自身を発見しての表現なのではないだろうか。そして、そういう自分を見つめる自分がそこにいて自嘲しているのである。この句に何とも言えない諧謔味を感じるのは私だけではないと思う。他にも諧謔味のある句が見受けられる。

包丁が南瓜の中で動かない

「動かない」は口語である。俳句本来の文語表現であるならば、「南瓜の中で動かざる」となるところである。しかしこの句では、切ろうとした南瓜に食い込んだまま動かなくなった包丁の一瞬を表現するに当って、口語の面白さが際立っているように思う。かつて第一句集『綾』の中で〈捨てつつて田毎の月が見たいから〉と詠った霞俳句の流れがここにある。

口語俳句はそれだけで輝くものではない。文語表現に立脚した作品群の中にあって、初めて輝きを見せるものであると思う。霞さんの口語俳句には、はっとさせられる新鮮さがある。軽やかさがある。

◇

句集『翼を買ひに』は、「浮野」の俳句の歴史の中に新しいピークを刻む一集として、長く心に残ることと思う。

（平成二十年十二月）

⑦松橋利雄句集『光陰』を読む――人生諷詠　省略と単純化の極致

句集『光陰』の作者・松橋利雄さんは昭和十三年生まれ。昭和三十六年、二十三歳のときに久保田万太郎の「春燈」に入門。以来五十年間「春燈」ひとすじに俳句を作り続けてきた。その五十年の作品の中から三一六句を厳選し、句集『光陰』が生まれた。

安立公彦氏（現「春燈」主宰）の序文によると、利雄さんは二十九歳のときから「春燈」の若手グループの「桃青会」に入り、毎月第一日曜日を俳句研究の場として二十七年間、関東一円を徹底して吟行したという。その甲斐あって昭和五十九年に春燈賞を受賞している。利雄さんの五十年の歩みは、師である安住敦の、

人生諷詠も花鳥を詠い風景を詠う。花鳥とともに人間が居、風景のうしろに人間がいなければつまらない。花鳥とともに作者が居、風景のうしろに作者がいなければつまらない。花鳥とともに人生があり、風景のうしろに人生がなければつまらない。

という人生諷詠の俳句信条を具現する道程であったと言えようか。

◇

夏立ちぬピアノの音の風に乗り

開巻第一句。昭和三十六年、二十三歳のときの作。万太郎の選によって見出された句。初夏の風の中に流れてくるピアノの音は美しく、青春の瑞々しい情感が溢れてくるかのようである。結婚後間もなく、利雄さんは大きな悲しみに突き当る。四歳の長女が脳腫瘍のため亡くなってしまったのである。

明易やミルクカップの象の鼻

人生で最も悲しい出来事、愛娘の死を詠んだ句。しかしこの句は、物を描いて情を秘めることで深まりを増している句である。そのことに驚かされる。「ミルクカップの象の鼻」に幼い娘の死の悲しみが表象されている。

青萩のさゆれに吾子の来るごとし

「長女百日忌」と前書きのある句。亡き子への思いは深い。

白玉や齢ふやさぬ遺影の子

「齢ふやさぬ」に万感が込められている。年を経ても忘れることのできない悲しみ。亡き娘への情が読む者の心を抉るかのようである。

人生諷詠。家族を詠んだ句に優れた句が多い。

父の日や紙のネクタイ子より受け

「幼稚園父親参観」と前書きがある。家庭人として、若き父としての充足感の感じられる句である。

万華鏡のぞく四温の子に替り

子と交替で万華鏡を覗いているのである。「四温」の季語には父としての心の温かさが感じられる。幸せな人生の一齣が美しい万華鏡のイメージと共にさらりと描かれている。

福藁や言葉少なき父の愛

世の中の父というものの存在の理想を捉えているかのような句である。そういう父でありたい。

木の芽和母ある限り母に謝す

母親への感謝の思いの深さに打たれる句。中七下五の力強い諷詠が母への情を伝えている。

学帽の校章正し入学す

折目正しく立派に成長して行くご子息の姿が端正に描かれている。毎月の第一日曜日の吟行会の折の句にも秀句が多い。

羅漢らの武州寒しと泣きにける

寄居の少林寺での作。「武州寒し」の主観的表現にこの句の妙味を感じる。郷土埼玉への共感の作である。

いぬふぐり紙漉の家垣結はず

いぬふぐりの咲く早春、小川町の紙漉の家を訪れる。「垣結はず」に詩的発見が集約されている。平穏で心温かい紙漉の村の人々の生活が過不足なく描き取られている。

をとこへしをみなへし風立ちにけり

秋草の名を重ねて、下五に「風立ちにけり」を添えて詩としている句である。「をとこへし」「をみなへし」がリフレインのような効果を出してもいよう。省略と単純化の極致に秋の野の風情を余すところなく表現している句で、生涯の代表作とも言える句ではないだろうか。

冬耕に午後の日ひくくわたりけり

冬耕の風景と季感とを美事に捉えている句。「午後の日ひくく」の描写が、十二月頃の冬の田畑の趣を印象深く表現している。風景の後ろに人間がいる、そんな趣の句である。

術前も術後も同じ窓の芽木
花は葉に「唯惜命」の朝ぼらけ

県立がんセンターに入院、手術後の句。一句目。手術後の窓の芽吹きの木々の景が同じであったことの幸せ。心配していたことは何も起こらず、病の禍根は断ち切られた。その喜びを静かにひそやかに「同じ窓の芽木」と詠んでいる。そこに、五十年俳句を作り続けてきた表現の妙味を感じた。また年齢も七十歳を越え、自らを内省し見つめる、静かな心境になっているのであろう。二句目。「唯惜命」は病院の理念であるという。自らの命をいとおしみ、命の危機を乗り越えた深い感動が一句に結実しているようで、心打たれる。

◇

まさに人生諷詠の五十年。「光陰矢のごとしであった」と利雄さんはあとがきに記している。今後も健康に留意され、ますますご活躍されんことを祈念して筆を擱く。

（平成二十三年八月）

Ⅳ　エッセイ

①水尾先生の思い出

私が水尾先生に初めてお会いしたのは、昭和四十三年四月八日。加須西中学校の入学式のときのことであった。私は当時十二歳。これからどんな中学校生活が待っているのかと、期待に胸をふくらますやんちゃな少年であった。その日私を待っていて下さった担任の先生が、落合水尾先生であった。

その第一印象は、とにかく声が低くて優しいということであった。その出合いの一瞬に、中学校生活に対する不安は消滅したのであった。教室は一年五組。先生は「ここは、西中の軽井沢です」とおっしゃられたが、そのときそれがどういう意味を持つのかは分からなかった。後で知ったことだが、それはその教室が校舎の北西に位置し、木造校舎であるために冬は隙間風が多く寒いところから、そう名付けられたということであった。無論、新入生の私がそんな事に気付くはずもなかったが。

教室に入ってまず驚いたのは、黒板の上に長谷川かな女の揮毫による大きな軸が掛けてあったことである。

時計の音が青い青いと啄木鳥　水尾

の句であった。また先生は、句集『青い時計』を私たちに見せて下さった。そのときのカバー絵と若々しい先生のお写真は、今も忘れることができない。

当時の加須西中学校は午前七時二十分登校、自習という厳しいものであったが、この「軽井沢」での一年は本当に楽しいものとなった。特に思い出深いのは、雪の日に学校の裏を流れる会の川（古利根川）を挟んで雪合戦をしたことであった。中学校時代野球部のキャッチャーをしていたという先生の肩は強く、悪童たちの挑戦をことごとく退けた。雪合戦の後には短冊が配られ、私は生まれて初めて俳句を作ったのであった。

また、先生の俳句が図書館にある歳時記に載っているという話を聞き早速行ってみると、角川書店刊行の大歳時記に次の句が載っていた。

夏潮や仮死の女の股冷やす　水尾（水明）

後で先生からお話を伺い、それが連作「怒濤」の中の一句であることを知った。少年の日の私にとって、その先生の一句は長く私の誇りとなった。そのコピーが、この文章を書いている机の引き出しの中に今も大切に保存してある。

またある日、先生は唐突に私を呼び止めると、「松永にもそのうちお嫁さんを世話してあげるよ」と言われたことがあった。それが十七年後に現実のことになろうとは、夢にも思わなかったことであるが……。また、何のときのことであったか忘れたが、夏休みに先生のお宅へ伺ったことがあった。美しい奥様と裸で遊び回る娘さん（加世子さん）と、堆く積まれた本の嵩が印象に残った。そこが、後に何度も出入りすることになる「浮野発行所」（旧発行所）になろうとは、夢にも思わなかった。

一人娘雛に声をかけて寝る　水尾

の句はその頃の作であろうか。

昭和五十年に『長谷川秋子の俳句と人生』が刊行になると、十九歳の大学生であった私はまっ先に買い求め読み耽った。そして、その二年後の昭和五十二年の元日に、私は俳句を作り始めた。それをまっ先に見ていただいたのも水尾先生であった。その年の十一月に「浮野」が創刊になったのは言うまでもない。若い私は、当時「河」進藤一考主宰、「橘」松本旭主宰、「草苑」桂信子主宰、「杉」森澄雄主宰、等にも投句したが、「浮野」に腰を落ち着けることになったのは、少年の日の思い出によるのかもしれない。

昭和五十四年。久喜中学校の教諭となった私は、初めて担任をさせていただいたとき、四十五名の生徒全員に向日葵の種を配った。そして、「向日葵のように明るく生きよう」と話した。夏休みの家庭訪問の時期になると、向日葵は格好の目印になった。自転車での訪問であった。中学一年生のときの私の家の庭にも、水尾先生から種をいただいた大きな大きな向日葵があったのである。

向日葵の二葉は草の中に生ふ　浮堂

昭和六十年。二十代も残り少なくなった私に今の家内である明子（旧姓・中里）を紹介し、仲人を引き受けて下さったのも、落合水尾先生であった。

遠雪嶺バックミラーに会ひ初めし　浮堂
松孝く里明るしや風薫る　水尾

平成十四年。「浮野」は創刊二十五周年を迎える。少年時代から薫陶をいただきながら、未だ秀句の一句だにないことがはなはだ恥ずかしいが、今後も水尾先生を灯台の灯とし、俳句の道に精進して行く覚悟である。

（平成十四年四月）

②『田舎教師』を読む

「四里の道は長かった」に始まる『田舎教師』は田山花袋の代表作であるが、この小説で最も印象に残るのは、明治時代の北埼玉の四季の風景や風俗を描いた部分である。特に、利根川の景を描いた部分は圧巻である。絵画のように、映像のように、リアルに描き出される景に引き込まれ魅了されてしまう。自然主義文学の代表作とされる所以であろう。

◇

『田舎教師』の主人公・林清三は、高等師範等の上級学校進学の志を持ちながら、家庭の貧しさのために、熊谷の中学校を卒業すると間もなく弥勒の小学校の教員となる。清三の思いは、いつか東京に出て世に出ることにあるのであって、教師という職業に身を捧げて打ち込むということはない。

清三の志は文学にあった。遂げられない思いを抱いて文学に打ち込んだ。中学時代の友人の石川機山の起こした「行田文学」という雑誌に熱心に寄稿した。しかし、その「行田文学」は四号で廃刊になる。同時に清三も自分の才能に限界を感じ、文学で世に出ようという思いも薄れてゆくのだった。

次に清三が情熱を傾けたのは音楽であった。唱歌の授業をする傍らオルガンに向かい、演奏の練習をしたり作曲をしたりする。そして、何とか音楽で身を立てる道はないかと思案する。ある年の秋、清三は授業料が免除になる東京音楽学校の入学試験を受けることになるが、問題にされずに落第してしまう。こうして、清三の音楽に対する思いは薄れ、オルガンに向かうこともなくなってしまう。

その後、清三が力を注いだのは植物の研究であった。先輩の教員と共に野を歩き、植物を採集し研究する。それは中等教員検定試験に合格するためであった。しかし、その試験を受ける前に、清三は病に倒れてしまうのである。

このような清三の思いや行動は、単に明治という時代の立身出世を重んじる青年の気質の表出ということにとどまらず、いつの世にも共通する青春の思いに通じるのではないか。清三は若い。片田舎の小学校の教師のまま終りたくないという思いがあるのは、当然のことのように思われる。常に現状に満足せず自らの理想を求めて歩む姿は、いつの時代の青年にも共通するものであると思われる。そこに『田舎教師』が読み継がれる永遠性があるのではないだろうか。

このような事情から、清三の同僚の教師に注がれる目は冷めたものであった。清三は教師となった当初、周囲の教師たちが小学校教師という境遇に安んじているのを見て、その人たちの気持ちを理解することができなかった。そして、そういう周囲の人々を軽蔑し、ぐずぐずしていると自分もいつかこの人たちと同じようになってしまうと思い、危惧と強い焦燥の念に駆られるのであった。

しかし、小学校の教師を続けていくうちに清三の心は変化していった。平凡に日々を生きる人々を次第に受け入れて、認めるようになっていったのである。

◇

清三にとって教職とは、何であったのだろうか。私には、清三が教師としての本当の喜びを知る前に病に倒れたことが残念でならない。作者の花袋は『田舎教師』の中で、北埼玉の風土や風俗を精密に描き上げていながら、教職というものを描こうとはしていない。清三の、どうにかして世に出たいという思いを描きはしても、清三の教師としての喜びや哀しみを描いてはいない。そこに『田舎教師』の限界を感じる。わずかに教師としての思いが垣間見られるのは、教え子の田原ひで子との心の交流を描いた部分である。田原ひで子は高等四年を卒業した後、師範学校に進学する。そして、懐かしい師である清三との文通が始まるのである。清三の死後、墓に花を手向け涙を拭っていた女教師は、おそらく田原ひで子である。その姿に清三の、教師として過ごした日々の意味が、象徴的に表現されているように思う。

私は、教師というものはもっと魅力的な職業であるように思う。私が中学校の教師となった当初を思い起こせば、これが自分の天職であるという強い思いもなかったが、清三のように他に望みがあって周囲に溶け込めないという状況でもなかったように思う。しかし、赴任して一ヶ月もしないうちに、私は仕事に夢中になってしまった。教職にはそれだけ魅力があった。

若かった私には、当時の生徒たちは大変まばゆく魅力的な存在であった。その生徒たちを何とか喜ばせたい、何とか分かるようにしてやりたい、部活動では体操部の顧問として、何とか技を身に付けさせ試合に勝たせてやりたい、と思うようになった。そのためには、自分のエネルギーのすべてを教師としての活動に注がなければならなかったのである。従って、現在の境遇を抜け出して世に出ようという、清三のような思いは少しもなかったのである。そうして、学校という職場が私にとって、詩情を醸し出す場ともなったのであった。

清三は、教師としての本当の喜びに目覚める以前に、病に倒れてしまったのである。日露戦争の戦勝の祭りで沸き立つ中で、清三はひっそりと短い生涯を閉じていったのである。

「絶望と悲哀と寂寞とに堪へ得られるやうなまことなる生活を送れ」
「絶望と悲哀と寂寞とに堪へ得らるるごとき勇者たれ」
「運命に従ふものを勇者といふ」

とは、作中の清三の言葉である。

◇

今、私の胸奥に次の二句が蘇る。

炎天下歩きてやまぬ像ひとつ　水尾
夏終る平均台を少女降り　浮堂

水尾先生には、

赤とんぼ田舎教師の墓はここ

の句もあったかと思う。野菊を手向けた田原ひで子。その教え子の慕情を胸中に湧き起こしながら、水尾先生は火の粉のような赤とんぼを空から田舎教師の清三に手向けたのだと思う。

（平成十六年五月）

③言葉の力

かつての中学校の教科書に、大岡信氏の「言葉の力」という文章があった。この文章は、筆者の大岡信氏が染織家の志村ふくみさんの話を聞いて驚くという場面から始まっている。志村さんの話では、布を桜色に染める色は桜の花びらから取るのではなく、桜の木の皮を煮つめて取るのだという。桜は全身で春のピンク色に色づいていて、花びらはその一端が現れたものなのだということである。これは、言葉の世界のことにそのままあてはまるのだと大岡氏は述べる。つまり、言葉の一語一語はそれを発する人間全体を背負っているのだという。言葉の一語一語は、桜の花びらの一枚一枚に当たるのだと大岡氏は述べている。

私たちは、日々美しい俳句、深まりのある俳句を求めているが、俳句も決して言葉の技、口先だけの技ではないはずである。俳句作品も、その人全体の世界を背負っているのではないだろうか。そして一冊の句集は、その人の人生を背負っていると言っても過言ではないと思う。

原槇恭子さんの句集『土ひひな』は、読むほどに深まりのあるすばらしい句集だった。それは、恭子さんが生涯をかけて学んできたことの精髄が、一句一句に反映されているからだと思った。恭子さんについて私は多くを知らないが、すばらしい人生を歩んで来られた方なのだと句集を読んで納得させられた。

般若面眼に秋の闇二つ　原槙恭子

能面の刳り貫かれた目を秋の闇ととらえた見定めの深さに打たれた。一瞬にして深い観照をなしている句だと思った。

「鷹」主宰の小川軽舟氏は、「俳句」（平成十八年三月号）の写生について述べた文章の中で、

翅わっててんたう虫の飛びいづる　高野素十

の句を例にとって、この句が写生の句として美事なのは、特別珍しいことを描こうとしたのではなく、日常目にする平凡なてんとう虫の姿を描き、それを「翅わつて」という客観的な言葉によって表現に定着したことによると述べ、写生による発見は言葉が見出されて初めて発見になると述べている。また、一句の韻律やリズムの大切さについても述べている。観照ということも、この論につながるものではないかと考える。観照による見定めも、客観的で適切な言葉の発見によって初めて俳句の表現として完成するように思うのである。

俳句に於ける観照とは、観るということだけでなく、言葉というフィルターを通して観るということなのではないだろうか。思念やイメージは捉えられても、それを表す言葉が発見できなければ俳句は完成しないのである。いや、むしろ言葉に定着することによって、イメージや思念が発見さ

れると言うべきなのかもしれない。

小川氏はさらに「俳句」（平成十九年二月号）で、「皆が共有するあの感じが、言葉を与えられることによってはじめて『発見』されるのだ」と述べている。本当の秀句というものは、そういうものなのではないだろうか。言葉によって何かが発見されているような、そんな句作りができたらと切に思う。


噴水のいただきに水弾ねてをり　　落合水尾

この句は、まさに観照の極みに生み出された一句であると思う。噴水の前のベンチに腰を下ろして、眼前の景を凝視する作者の姿までもが目に浮かぶようである。作者は観照の果てに一切を省略し、噴水の天辺に跳ね上がる水の姿のみを切り取って描いてみせたのである。噴水のいただきの上では、次々に噴き上がる水が何度も何度も跳ね上がることを繰り返している。それは永遠につづくかのようである。この一句は、噴水の上の一瞬の出来事を詩として永遠に定着させたと言ってもいいだろう。この句に於ても、「水弾ねてをり」の言葉の発見が一句の成立の必須の条件となっているのである。

稲畑汀子氏の著書『虚子百句』はすばらしい一書である。私が書店に注文したときにはすでに品切れで、重刷を待たなければならなかったほどの人気ぶりであった。虚子の名句百句が、虚子の孫であり俳人である著者によって、あらゆる資料を駆使しながら研究され、解釈されていくのである。

虚子の数々の名句の正しい解釈に巡り合えると思うと、私もこの本が手元に届く日が待ち遠しかった。そして、それはまさに期待通りの本であった。

俳句の読みには、二通りの読みがあるように思う。ひとつは、正しいと思われる一つの解釈に収束していく読みである。これは、作者の人格や思想、境涯や作者の生きた時代性など、あらゆる資料が駆使される、いわば解釈学的な読みである。『虚子百句』の読みはこれに当たると思う。もうひとつの読みは、一句の示す意味内容を正しく捉えた上で、その句の余白の部分を読者の自由な解釈に任せる、いわば読者論的な読みである。

多くの秀句は、創作当初の作者の周辺事情から離れて、読者によって自由に読み広げられることで、多くの人々に愛される名句となって行くのである。

（平成十九年六月）

④青春の夜明け

水尾先生は「青春は闇からの脱出である」と言われたが、私の大学時代にも闇と光があった。

昭和四十九年、私は十八歳。四月に初めて埼玉大学の門をくぐった。長い受験勉強を終えて希望の春を迎えたはずだったが、心は晴れなかった。ここが第一志望の大学ではなかったことが一番の要因であったが、それだけではなく、私は疲れていた。当時は身長一七〇センチで体重が五二キロ、胸囲は七八センチしかなかった。体力のない自分が情けなく、頼りなく悲しかった。私には人に誇れるものが何もなかった。大学にも馴染めないまま日が過ぎて行った。

そんな初夏のある日、大学の第二体育館でとんでもない光景を目にした。筋骨隆々たる学生たちが半裸でバーベルを挙げている光景である。そのバーベルがまた見たこともないような大きさで、挙げる度に二〇キログラムの太いバーベルシャフトがたわたわと大きく撓っていた。中でも一際目を引いたのが、この埼玉大学ウエイトトレーニング部顧問の松尾昌文先生の姿だった。台に寝て腕でバーベルを支えて胸の上まで下ろし、腕の力で上に押し上げるベンチプレスという運動で、先生は一九〇キロ以上の重量を挙げていた。分厚い鉄の塊が、筋肉の盛り上がった先生の胸の上で弾んだ。二〇キロのシャフトがぐにゃりと撓う。また、バーベルを肩に担いで膝の屈伸をするスクワットという運動では、三六〇キロのバーベルを担ぎ上げていた。ランニングシャツを着た松尾先生。胸には埼玉大学の「Ｓ」の文字があったが、それは埼玉のSではなく、スーパーマンのSだと私は思った。先生はこの頃、四十四歳であったと記憶している。

私はこれだと思った。すぐに入部することにした。早速バーベルを手にしてみると、ベンチプレスでは五〇キロが挙がらなかった。スクワットでは七〇キロを担ぐと背骨が軋み、重さのために息が止まるような苦しさを覚えた。しかし、私はこの部の自由で活気に溢れた雰囲気が気に入った。それから毎日第二体育館に通うようになった。そして、先生や先輩の方たちからウエイトトレーニングの基本をしっかりと教えていただき、充実した学生生活を送るようになった。

それから一年半、二年生の秋には、私の体は見違えるように変貌していた。体重は六七キロに増加し、胸囲は一〇〇センチ以上。脚も胸も腹も、美事な筋肉の鎧に覆われるようになった。取り分け厚く盛り上がった胸の筋肉が誇らしかった。中学・高校時代、体操競技部に所属していた私の体は、元々質の良い筋肉を持ち合わせていたようである。ベンチプレスで九〇キロ、スクワットで一四〇キロを挙げられるまでに筋力が向上していた。また、私の筋肉は彫りの深い影を刻むようになっていた（これをディフィニッションという）。

昭和五十年十一月、私は東日本学生ボディービル選手権に出場した。東京のとある公会堂の舞台に立ち、スポットライトを浴びて、音楽に合わせ、一分間に十以上のポーズを取る。筋肉が光の中に浮かび上がる。観客席から歓声が起こる。結果は、百二十名中二十位。細やかで彫りの深い筋肉の質の良さが評価された結果だった。これは快挙であった。二年生でこれだけの成績を残した選手は、部の歴史の中でも何人もいなかった。先輩の方々や友人から祝福され、将来部の歴史に残る存在になるのではないかと多くの人から期待された。私もそれを信じて疑わなかった。そして、そうなるはずであった。

しかし、それが実現することは決してなかった。今でも無念である。

大学二年も終りに近づいた昭和五十一年二月、試験期間に入ってから私は体調に変調を来した。頭痛、目眩、吐き気に襲われた。そして、今までに経験したことのない状況に陥った。集中して本を読もうとしても全く頭に入らなくなった。小説等を読んでも中身を全く理解できないのである。勉強も全く手に着かなかった。また、大学の講義に出ると先生方の話が速く感じられて、まるで早口で講義をしているようで、全く理解することができなくなった。しかし、実際には先生方が早口になったわけでも、講義の内容が難しくなったわけでもなかった。これは神経の病気であった。

父に連れられて東大病院を受診した。病名は神経衰弱状態。一年間の休学が決定された。ウエイトトレーニングが原因ではなかった。大学受験以来の神経の疲れが原因であった。大学に通うこともトレーニングすることも、読書することもできなかった。毎日家でぼんやりしているだけである。筋肉も体力もたちまち衰えていった。時々親友のY君、W君が私の家を訪れてくれた。今もありがたい友である。この友人とは今でも親しくしている。二人は私の俳句が年鑑や総合誌に掲載されると、必ず買って読んでくれる。「浮野」を送ると感想の葉書が返って来る。

昭和五十一年秋、私はどうすることもできないまま、テレビを見ていた。モントリオールオリンピックが開催され、体操競技女子ではルーマニアの白い妖精、ナディア・コマネチが十点満点を何度も出していた。それをぼんやりと眺めていた。その年の十二月、静養の末、ようやく私は健康を取り戻した。

昭和五十二年一月一日。何かをやらねばと思った。ウエイトトレーニングの他の何かを。そうしなければ、自分の心の虚しさは充たされないと感じた。生涯続けられる文学活動はないかと模索した。本棚に『長谷川秋子の俳句と人生』（落合水尾著）があった。また、高校時代の自分の日記帳をふり返ってみると、ところどころに俳句が書かれていることに気づく。中学・高校時代を通じて四年間国語を教えていただいた落合水尾先生のことが心に浮かんだ。

私は、二十歳のときの元日に俳句を作り続けることを決心した。作った俳句に番号を付けながら、全く幼稚な作品をノートに次々にメモしていった。大学に復帰するまでの間、俳句を作り、多くの文学作品に触れることもできた。

昭和五十二年四月、私は大学生活に戻ることができた。友人たちに再会すると、何だか夜明けが来たような明るい気持ちになった。友人たちには一年遅れを取ってしまったが、それも悔いてはいなかった。一年下の学年の友人たちとも親しくなった。思う存分俳句を作りながら、ウエイトトレーニング部にも復帰した。一年のブランクの後、また大学の第二体育館に通う日々が始まった。病気になる前よりも激しくトレーニングに打ち込んだ。

東日本学生ボディービル選手権にも再び挑戦した。筋肉は以前よりも大きくなっていたが、残念ながら二年生のときのような筋肉のディフィニッションがなく、上位に入ることはできなかった。

そして昭和五十二年十一月、これが最後となるパワーリフティングの試合が迫っていた。当時のパワーリフティングは、ベンチプレスとスクワットの二種目で挙げたバーベルの重量のトータルで個人の成績が決定される。この頃、埼玉大学ウエイトトレーニング部は、関東学生パワーリフティング選手権で団体優勝を重ねていた。先輩の方々から受け継いだ熱気、そして松尾先生のトレーニング理論が部員一人一人に浸透し、実践されていた。

松尾先生のご指導は理論だけではなかった。「苦しいことは楽しいことだ」をモットーに、困難に対して積極的に立ち向かう姿勢を教えていただいていた。先生は「何事もやらされるのではなく、自らやることが大切である」と教えて下さっていた。やらされるトレーニングは効果が薄い。自ら進んでバーベルの重量に立ち向かうとき、最も効果的なウエイトトレーニングが成立すると教えて下さっていた。校内予選会でベンチプレス一〇〇キロ、スクワット一八〇キロを挙げた私は、体重七〇キログラム以下級のレギュラーの座を射止めた。

そして、胸躍る思いで試合の日を迎えた。駒場の東京大学体育館で試合は行われた。各階級で一位になると十点、十位になると一点がチーム得点として加算される。その合計得点によって団体戦の順位が決められることになっていた。

私の試技が始まる。まずはベンチプレス。順調に三回の試技に成功し、一〇〇キロを挙げることができた。しかし、スクワットで思わぬ落とし穴が待っていた。校内戦で一八〇キロを挙げていたので、一回目の一六〇キロは軽く挙げることができるものと思っていた。一回目、バランスを崩して失敗。二回目もどうしても持ち上げることができなかった。三回目を失敗すれば、私の最後の試合が記録なしで終ってしまう。焦りに焦る。そして三回目。全身の力をふり絞って、目の前が真っ暗になりながら、私は一六〇キロをようやく挙げることができた。結果は八位。到底満足できる結果ではなかったが、チーム得点三点を獲得することができた。三回目という土壇場でバーベルを挙げることができたことが、私の生涯の自信となった。埼玉大学は八連覇を達成した。部員全員で、松尾先生を囲んで、新宿のビアガーデンで祝勝会を行った。生涯で最も楽しいひとときを過ごした。ビールがうまかった。

ウエイトトレーニングの理論の確立者であり実践家でもあった松尾昌文先生は、昨年八十二歳で亡くなられた。先生は五十歳代になってから、パワーリフティングの選手として世界中を転戦された。そして五十歳以上の部の世界大会で優勝を重ねられた。埼玉大学のみでなく東京大学でも講義を開かれた。先生の講義には希望者が殺到し、聴講者が抽選によって決められるという人気ぶりであった。

松尾先生は私の結婚式にも来て下さった。また、句集をお送りした際には毎回懇切な感想を下さり、励まして下さった。本当にすばらしい師であった。

その頃、私にどれくらいの力があったかというと、まず背筋力が二八〇キロあった。家の手伝いで米袋を運ぶとき、三〇キロの袋を三つ重ねていっぺんに抱えて運ぶことができた。また、普通乗用車のバンパーを両手に持って、車体の後部を横に移動することができた。筋力を過信してはいけないが、この力が私に大きな自信と勇気をもたらしてくれたことは確かである。

さて、俳句を作るようになった私は俳句関係の書籍を乱読した。大学の構内や近くの公園などを散策し、毎日俳句を作った。視界が開けてきた。俳句を作ろうとして見つめる風景が、自分に向かって開いてくるような陶酔感があった。周辺の自然が美しく輝き始めた。国語研究会というサークルの一年先輩に龍野龍さんがいた。小説を書き同人誌を発刊していた龍野さんが、俳句を作るようになった。

昭和五十二年十一月、落合水尾先生の主宰される俳誌「浮野」が創刊された。創刊号に拙いながらも、特別作品十句を掲載していただいた。創刊記念俳句大会が加須の塩原邸で開催された。その記録文を書かせていただいた。

十月のコーラ遅刻の味がして　浮堂
銀杏散る昇らぬほどの重さもて　〃
鳳凰の影揺らしけり水の冬　〃

昭和五十三年一月、私の句が読売俳壇森澄雄選の一席に入選した。初めての新聞掲載であった。

大試験昨日も今日も富士日和　浮堂

四月、同級生たちは教師となってそれぞれの赴任地へ散って行った。五月、埼玉大学附属中学校で教育実習に臨んだ。すばらしい先生方や生徒たちに囲まれて、無我夢中で初めての教壇を経験した。学友の誰もが熱心で、研究授業の前などは宿直室に泊まり込んで指導案を練る者もいた。

埋まるほど花の欲しくて春疾風　　浮堂

その教育実習の最中の土曜日・日曜日、第一回の谷川岳山麓俳句大会が開かれた。参加者四十名以上、金盛館に一泊し四回の句会が行われた。落葉松の新緑が心地好くて、私は上半身裸になって肉体美を披露した。また得意の倒立も披露した。染谷多賀子さんが、

倒立の青年に山芽吹きたり　　多賀子

と詠んで下さった。雪渓と渓流と新緑の光の中、俳句創作に没頭する二日間は心が浄化されるようで、本当に夢のようであった。

忘れ田に通ずる小道栗の花　　浮堂

花惜しむ魔性の山の一径に　　〃

六月、六週間の教育実習が終了した。生徒たちがすばらしく、教壇を去り難い気持ちになった。指導教官に頼んで翌週も一時間授業をさせていただいた。この六週間の教育実習を経験して、私は教師になることを決意した。

昭和五十四年三月、無事大学を卒業し、久喜市立久喜中学校の国語科の教師となった。私の青春の夜明けであった。新たな青春の日々がスタートした。体操競技部の生徒たちが私を待っていた。

夏終る平均台を少女降り　浮堂

この句はその年の夏に作ったもの。男女の体操部員を率いて、上尾で行われた夏の埼玉県大会に出場した経験が素になっている。大会が終って家に帰ってからも、平均台の台上を舞う少女の姿が胸の中に揺らめいていた。

とある土曜日の午後、東京例会に行く列車の中でこの句はできた。その夜の東京例会で、水尾先生がこの句を特選に選んで下さった。これが、主宰から特選をいただいた最初だったように思う。この句は今も私の一番の代表句である。

その後もウエイトトレーニングは少しずつ続けていた。平成三年、教師となって十三年目に、長期研修生として埼玉大学に一年間通う機会があった。松尾先生もまだ健在であった。若い学生たちに交じってベンチプレスを行った。そのときは、一一七・五キロを挙げることができた。これが私の生涯記録となった。

五十七歳を迎える今年、また少しずつバーベルに親しんでいる。昨日、頭の上にバーベルを持ち上げるハイクリーンプレスで、五〇キロを五回挙げることができた。バーベルを両手で持ち、腕の力だけで巻き上げるスタンディングカールという運動では、四五キロを五回挙げることができた。

ベンチプレスでは九五キロを挙げることができた。膝も腰も危うい昨今であるが、まだこれだけできるのだと自分に言い聞かせ、誇りとしている。
俳句にもウエイトトレーニングにも、感謝の思いでいっぱいである。

（平成二十五年一月）

Ⅴ　俳句のふるさと

①私が俳句を始めた頃

俳句による魂の充足は、狩人が獲物を得た喜びに似ている。狩人は私、矢は俳句、獲物は美であり詩情である。狩人の矢による獲物はやがて朽ち果てる運命にあるが、俳句による獲物は五七五の韻律の中に永遠に固定され、その輝きが失われることはない。

秋晴れの一日、利根川の土手に腰を下ろして茫然と時を過ごす。坂東太郎のさざ波がゆっくりと眼の中を流れて行く。遠い赤城や日光の山並みが秋風の向こうに輝きはじめる。幼い頃からなにげなく親しんできた郷土の風光は、俳句を作るようになった私にますます美しく味わい深いものとして存在し、新たな詩情と活力とを与えてくれる。

私の勤務する久喜市立久喜中学校は、伝統と新しさの溶け合ったたいへんすばらしい学校である。私にとって中学校という職場は、四季折々の趣の中に様々な行事がくり広げられ、少年少女たちがせいいっぱい人生のドラマを展開し、美しく成長しては去っていく、まことに詩情豊かな舞台である。そして、そこに花開く平均台や床運動の演技は私にとってこの上もなく美しく、詩情をそそられるものであった。

私が俳句について知ったのは、中学校一年生の時であった。入学後初めて入った木造校舎の教室には、長谷川かな女の筆による大きな軸が掛けてあり、担任の先生からは俳句についての熱っぽい説明を受けた。私の担任の先生は、落合水尾先生だったのである。以来私は高校一年までの四年間、水尾先生の国語の授業を受けることができたのである。

昭和五十年、『長谷川秋子の俳句と人生』（落合水尾著）が牧羊社から出版されたが、その時私は大学生になっていた。ものごとに心を奪われやすく、何かを描かずにはいられない性格の私は、その頃日記の中にすべてを克明に描こうと執心していた。毎日相当な量の文章を書きながら、それでいて心が満たされることがなく、時の過ぎ去っていくことに怯えいらだちながら、必死で自己を支えようとしたその頃のことは、なつかしくも苦い思い出である。私が自ら俳句を作り始めたのは、それから間もなくのことであった。

俳句を作り始めた当初、埼玉大学の俳句会では松本旭先生に丁寧な御指導をいただいた。先生は私に真実を描くよう御教示下さるとともに、私の在学中の悩みや進路のことについても真剣に相談に応じて下さり、私はしばしば救われる思いで研究室のドアをノックしたものである。松本先生には現在も、俳誌「橘」を通じて私のその後の足跡を見守っていただいている。

さて、昭和五十二年十一月、加須に俳誌「浮野」（落合水尾主宰）が誕生し、その興奮の中で私はいよいよ俳句の虜となっていった。その頃は月に四、五回の句会に出席していた。あれこれと雑念が多く、句会の時間に遅れてしまった時でも、水尾先生の隣の席に座るといつしか心が安らぎ、思いがけず感興の湧き上がることもしばしばであった。夜の句会では十一時を過ぎてもなお席題が出て熱っぽい創作がつづけられ、息詰まるような静けさの中で時の過ぎるのも忘れるほどであったが、会の後に疲労はなく、美しくすがすがしい星空がいつも心に残った。

俳句を作り始めた頃は、雪が好きであった。大学の講義が暇になると一人上越線の列車に乗り、車窓に頬杖を突いて雪の山々が迫り来るのを待つのである。利根川上流の清冽な流れに沿って粉雪が散らつきはじめ、国境の山々が近づく頃には、私はすっかり旅の孤独に陶酔しているのだった。トンネルを抜けるとそこは雪国、白銀の世界がすべてを忘れさせてくれる。

越後中里のスキー場に降り立つと、しばし天を仰いで降りしきる雪の中に全身を浸す。スキーが私の詩心を自由の天地に羽ばたかせたことは言うまでもない。スキーウェアの胸ポケットには、いつも小さなエンピツと手帳が入れてあった。リフトに腰を下ろして下界の遠ざかるのを見下ろしているとき、吹雪の頂から一気に滑り降りるとき、杉の木立を滑り抜けスキーを止めて後ろを振り返るとき、俳句の断片が次々に思い浮かぶことがあった。果てしもなく降りしきる雪。どこまでもつづく雪の山、雪の原。沈黙を守って滑りつづけたスキー。その時の胸ポケットの手帳こそは、私の俳句の出発点だったのではないだろうか。

私は俳句を作るようになってから不思議な充足感を覚えるようになった。それまではぼんやりとしか感じることのできなかった美しいものや、遠いあこがれを感じさせるものが、一つ一つはっきりとした形となって現れ、目に見、耳に聞くことができるようになったのである。俳句のことを思いながら旅にあるとき、野山を歩いているとき、すべてのものが自分に向かって開かれているような幸福を覚えることがある。現実の生活の中にこの世ならぬ調和の世界を見出し、それを鋭く表現することと。それが俳句を作るということではないだろうか。そして、完成された俳句は、何よりもまず美しい言葉でなくてはならないと思う。映像と韻律、内容と形式とが調和した研ぎ澄まされた言葉。ものごとの本質を突いた真実の言葉。無論、無駄な贅肉があってはならず、たとえるならばそれは幅十センチの平均台の台上を舞う少女のような、すらりとした姿をしていなくてはならないのである。

人生の中で時は過ぎ去っていくばかり、ものの色は薄れていくばかりである。たとえ青年といえどもそのことに変わりはない。激しい思いも、勝利の歓喜も、心に食い入る花の色も、時の流れの中では瞬時に消え去っていく閃光にすぎない。俳句は、そのような一瞬一瞬の光芒を短い言葉の中に封じ込め、そのイメージを永遠に伝えつづけることのできる詩なのではないだろうか。私が生きることによって生じる火花は俳句の中に永遠に固定され、色褪せることなく輝きつづけるものと信じてやまない。

最後に、私の俳句を育てて下さった落合水尾先生の師恩に対し、改めてお礼を申し上げると共に、日ごろから私を支えて下さっている多くの方々に対して心から感謝申し上げる次第である。

（昭和六十年一月刊／句集『平均台』あとがき）

②中里二庵句集『花八手』跋

中里二庵さんは、長く高校の体育教師を務めた人である。昭和四十二年の埼玉国体の際には、体操競技高校男子の埼玉県チームの監督として、チームを優勝に導いている。二庵さんの教師時代の教え子たちは、今、教育界に実業界にと活躍している。そして、優しく温かかった中里先生のことを、誰ひとりとして忘れていないのである。

二庵さんは、「浮野」創刊の翌年の昭和五十三年より俳句を作り始め、谷川賞（「浮野」同人賞）、浮野大賞、埼玉文芸賞準賞等を受賞している。昭和六十三年には、第一句集『樽太鼓』を出版している。また、埼玉県俳句連盟では、長く事務局長を務め、現在は、副理事長の職にある。

いつ頃からか、「浮野」では、二庵さんの俳句のことを「二庵調」と呼ぶようになった。これは、二庵さんが、独自の作風を確立している証左であると思う。

二庵俳句の特色は、即興性、ユーモアと諧謔、そして深い観照に基づく詩情豊かな諷詠にあると思う。それは、二庵さんの、飾らない純朴な人柄と生活ぶりとも無縁ではないように思う。

二庵さんの句には、句会等でその場の状況に興を覚えて、即座に作られたものが少なくない。

さりながら卯波を待たず逝きしとは

鈴木真砂女の死を悼んだ句であるが、真砂女の料亭「卯波」を踏まえて、季語としての「卯波」を使いこなしており、句として誠に堂に入っている。この句は、「浮野」の第一例会の折に即興で作られたものと記憶している。

赤富士と云ふこの時のこの色を

富士山が赤く染まる一瞬を描いて詩になっている句である。この句も「浮野」の富士吟行会での即吟である。

一瞬のひらめき、打坐即刻の切れ味は、二庵俳句の妙味の一つである。

関ヶ原雪合戦の跡もなし
徐け者のごとくに風邪を引かぬなり
虚子の墓の雑草抜きて帰りけり
かまくらを本気で作るつもりらし
元帥に近き青大将に逢ふ

二庵さんの俳句には、どの句にもそこはかとないユーモアが漂っている。それでいてどこかもの悲しい人間性の真実を捉えているのである。その諧謔味が、「二庵調」と言われる所以であろう。

パンダかと問へば雪だるまと答ふ

大きなユーモアを感じさせながら、明るい家庭生活の一場面がさらりと描き出されている。

本当は転げてゐたい木の実独楽

木の実独楽が滑稽でありながら、ついつい怠けがちな人間性の真実を突いているようで深みのある句である。

掃苔や我が名刻まばどのあたり

この句もユーモアがありながら、墓石にやがて自分の名を刻むことになるという人間の悲しい運命が描かれているようで見過ごすことができない。

初鶏の野を展げゆく長さかな
川祓舟引き上げて終はりけり
鯉のぼり野の夕風を抱き下ろす
畑打ちし夜の膂力を悲しめる
ひたすらに散るべく花の犇めける

これらは、深い観照の後に得られた句である。観照によって詩情を見出し、言葉に表現することによって何かを発見して読者に示して見せる句である。

合格を小突かれに来る体育科
次の世も平の教師を菖蒲の芽

教師としての思いを詠んだ句である。

「合格を」の句からは、いつも気安く体育科に出入りしている生徒の姿が、「次の世も」の句からは、生涯をかけて携わった教職への、感謝の思いと充足感が読み取れる。教師こそ二庵さんの天職であったのであろう。

平成二年に二庵さんは、定年退職を迎えている。

教師三十九年生や卒業歌
春立つやすべてがひとつづつ最後
トレパンがいつか野良着や葱坊主

これらの句からは、長年務めた教職との惜別の思いがひしひしと伝わってくる。特に「春立つや」の句には、学校行事が季節を追って巡ってくる教職ならではの感懐が印象深く表現されている。また、「トレパンが」の句では、退職によって一変した生活の様子が象徴的に描かれている。いずれも平明にして切実な諷詠である。

二庵さんのことを私の子供たちは、幼い頃から「にあんじいちゃん」と呼んでいる。そして優しく温かい祖父「にあんじいちゃん」に会うことをいつも楽しみにしているのである。

裳裾いま引くかに立ちて官女雛

この句は、私の長女の桃の節句の際に雛壇の一隅に揮毫していただいた句である。美しい雛の姿をそのまま描き取った句で、今も大切にしている。

本句集には、二庵さんの孫を詠んだ句がたくさん収められている。それが句集を貫く一つのテーマとなっている。主に内孫の句である。

孫いまだ嫁の胎内初暦
産院の五月の窓のみな開く

生まれて来る命への、期待と希望の句である。「みな開く」がいかにも希望にあふれた表現である。このように、生まれる前から、孫の成長の様子を一途に見つめて作られた俳句もめったに見られるものではない。

さつき満開彩と名付けて女の子
内孫にをのこを得たり天の川

共に、孫誕生の喜びが、快い韻律を伴ってリズミカルに直叙的に描かれ、印象深い句となっている。自らの最も喜ばしい出来事を美事に詠み上げている。俳人冥利に尽きると言えよう。

鈴虫の近くに孫を寝かせけり
みな孫に見ゆる駆けつこ天高し
小春日や孫があつちと云へば行き

孫に注ぐ二庵さんの思いは、どこまでも純粋で限りがない。限りない愛の句。

雪うんと積もるねと寝にゆきし子よ

家族の愛をいっぱいに受けて孫たちは、優しく美しい子に育って行く。子供の言葉をそのまま句の中に取り入れながら、その子供らしい姿を逃さずに捉えた句である。その愛らしさを美事に描いている。

あれよあれよと竹馬を乗りこなす
淑気満つ相正眼の切先に

孫の成長は早く、それを見守る作者の喜びと驚きが感じられる句である。二庵さんの孫の中里彩さんは、小学校の頃から剣道に打ち込み、中学三年生の夏には、埼玉県代表として関東大会に出場している。「淑気満つ」の句は、向き合った剣士の気迫と静かな呼吸までもが伝わってくる句である。

二庵さんは身辺詠、日常詠の名人である。

ひと畔にふた口切りぬ落とし水
種袋かそけき音のみな違ふ
物種の下ろしどころへ指の穴
畑に佇つ存分に年惜しむべく

退職後、農作業に勤しむ姿が描かれている句。ものをよく観て、深く感じて句を作っていることがよく分かる。それゆえに日常の何でもない事柄が詩になって行くのである。

ハンカチは財布はと念押されけり
夕焼やチャイムも時間表もなし
敬老の日の案内をつひに受く

日常身辺を詠んだ句に、定年後の心境と老いへの意識を垣間見ることができる。いずれも、自在な軽やかな諷詠である。
日常詠が目立つ一方、海外での旅吟もある。

北京残暑関羽のごとき運転手
沙灼けて影の短き狼煙台
秋来つつあり駱駝引く少年に

中国への旅、そしてさらに、シルクロード敦煌への旅の句。「関羽のごとき」からは、中国の大きさと歴史が感じられる。「沙灼けて」「秋来つつあり」の句では、遠い異国の情景が、季語を活かしながら、印象鮮明に描かれている。砂漠の雄大な景が見えてくる。写生の力を感じさせる句である。

二庵さんは、句集を編むことは、自分史を編むことであると述懐している。一句一句に自らの人生の真実を描こうとする作句姿勢が、そうした思いを抱かせるのではないだろうか。

死と不意に真向かふ一人静かな

本句集の末尾近くに置かれた句。血栓症発症の前書きがある。逃れようのない老いと病が、忍び寄っていることが分かる。しかし、二庵さんは、平常心と明るさを失わない。その強い生き方が、今後も人生の真実を見据えた多くの秀句を私たちに見せてくれるものと確信してやまない。

（平成十九年七月）

③母・松永美重子の俳句

〈松永美重子作品抄〉　　抄出・松永浮堂

母と踏むわづかの麦や日曜日
退院や松百態に日脚伸ぶ
松の上に松の家紋の吹き流し
黄水仙一万球の夕明り
うち揃ふ白菜の頭のくくり藁
夕焼見にゆく自転車のあにいもと
初写真松に並びて四世代
霜の夜の二階の灯る帰宅かな
ひひなの夜二段ベッドの姉いもと
海の日の青海原の野に立ちぬ
穭田を行きぬ遊行の柳まで

みどり濃き皇居に参じ祝はるる
古代蓮昼のしじまをゆれて咲き
梅かをるカメラにをさめきれぬまま
新涼や自立うながすひとり部屋
ひひな見に四五人寄つて下校の子
にはたづみ落花一片帆のごとし
秋うらら留守居の外に用もなく
二人してちよつと出て来る良夜かな
行春や何するでなく庭に出て
初詣すこし遠くの野もめぐり
夢に会ふ母は若くて春彼岸
ぼんぼりを連ねて長しさくら土手
裏門は唐箕口かも青田風
天高しわたしの声のアナウンス
妹はいつも妹沈丁花
さはやかに遠嶺顕ち来る朝かな
妹の一周忌なり小春なり
力入れても冷たくて手足かな

しつかりと傘寿諾ふ福茶かな
どこまでも春や大きくなる新市

◇

平成二十二年七月二十二日、母・美重子が他界した。八十歳であった。今年に入ってから体調がすぐれず、二階の寝室で生活することが多くなっていた。私が毎日食事を運んで、それでも母は楽しそうであった。五月に階段を踏み外して右脚を骨折して入院手術。脚は順調に回復していったが、心臓、肝臓の具合が悪くなった上に、肺炎を併発し高熱を発するようになった。七月に入ってからは、父と私と妻と弟の妻とで毎日交替で付き添ったが、母は日に日に衰弱しどうすることもできなかった。

母の「浮野」への投句は、平成二十二年六月号が最後となった。次の二句が最後の句である。

どこまでも春や大きくなる新市
築山を池に映して芝ざくら

ほとんど外出することのなくなった母が、穏やかな春の日に楽しみにしていた父とのドライブを実現した日の句である。加須にも新しい時代がやって来たことを母も感じていたのだろう。また、芝桜の景は母にとって馴染深い不動岡小学校前の公園の景である。これが最後の投句となることを、母は予期していなかったに違いない。

母は昭和五年生まれ。小学校の高等科を卒業してすぐに旧不動岡町役場に就職し、五人姉妹の長女として一家の生活を支えたと聞いている。私の祖父が太平洋戦争に従軍し、戦後も抑留されていたため、家には祖母と幼い妹たちがいるだけであった。母はまだ十代半ばであった。

母と踏むわづかの麦や日曜日

額に収められた美事な筆跡のこの句を、私は幼い頃から目にしてきた。これが母の俳句だと知ったのはいつ頃だったろうか。この句は、母が不動岡町役場で働いていた頃、岡安迷子先生ご指導の句会に参加し好評を得た俳句であるという。高点句の記念として先輩俳人が揮毫して下さり、それを額に入れて青春時代の宝として飾っておいたものであると聞いている。母はまだ十代の少女であった。その後役場を退職した母は、俳句とも縁遠くなっていった。

母が再び俳句を作り始めたのは、「浮野」創刊後の昭和五十五年頃と記憶している。そして、朱鷺句会の一員として水尾先生のご指導を仰ぎ、毎月の句会を楽しみにして俳句を作り続けるようになった。

母は少女のように純で素朴な人であった。朱鷺句会で主宰の選に入ると満面の笑みで帰ってきたが、うまい俳句を作ろうとか賞を取ろうとかいう意識は全くなく、見たまま思ったままを素直に表現していたように思う。父と旅行に行ったこともあったが、普段は家に居て田畑の世話をし、主婦としての生活に充たされていた。俳句は日常詠、身辺詠が主で、家族のことを詠んだ句が多いことに気づく。母の句は、私の家族の歴史そのものである。

薫風や背を押してやる三輪車
入園や胸の名札はきいろ組

平成二年の作。私の長男・崇明を詠んだ句である。母の温かいまなざしの下で、私の子供たちは成長していったのである。

松の上に松の家紋の吹き流し

崇明の鯉幟を晴れ晴れと見て作った句である。父が四十年かけて育てた庭木の松が私の家にはたくさんある。家紋は三蓋松である。

初ひひな余興を兄のつかまつる

平成四年、長女・典子が誕生し、家はにぎやかになった。

ひひなの夜二段ベッドの姉いもと

『新版・俳句歳時記』（雄山閣刊）にも『浮野季寄せ』にも採られている句。弟の家は女の子が二人で、仲良く二段ベッドを使って生活していた。弟の一家の明るさと幸せが句になっている。

みどり濃き皇居に参じ祝はるる
拝謁を待つ間のしじま桐の花

平成十二年、父が叙勲の栄に浴したときの句。和服で正装した母は、父と共に皇居に参じ天皇陛下に拝謁した。人生の最も良き日のことを俳句に詠むことができたのは、この上ない幸せであったろう。このときの和服姿が今、遺影となっている。

新涼や自立うながすひとり部屋
かまくらを灯して子等の城となる
天高しわたしの声のアナウンス

平成十九年、子供たちは成長して自立してゆく。雪が好きでかまくらを作るのが好きだった典子も成長し、中学校の運動会で放送委員としてアナウンサーを務めることになった。秋晴の空の下、運動会の軽快な音楽と共に、典子の声のアナウンスが家まで聞こえてくる。孫の成長を寿ぐ心情がいきいきと詠まれている。

成人の日の振袖の翼かな

平成二十一年。弟の長女・松永彩が成人式を迎えたときの句。幼い頃から慈しんだ孫娘がとうとう成人式を迎えた。長身で明るく快活な姪には、あでやかな振袖がよく似合う。容貌が若い頃の母に似ているようでもある。「翼かな」に未来への希望を詠み込んでいる。

力入れても冷たくて手足かな

平成二十二年、母は日に日に痩せ衰えて体重も三十キロを割ってしまった。心臓が弱ったせいか手足が冷たくて困ると嘆いていたが、私にはどうすることもできなかった。

しっかりと傘寿諾ふ福茶かな

せいいっぱいの八十年の母の生涯。朱鷺句会のメンバーを始めとする温かい句友とすばらしい師に恵まれての俳句作りは、母の人生に、また私たち家族に大きな幸福をもたらしてくれた。
「浮野」のみなさん、水尾先生、本当にありがとうございました。

（平成二十二年十一月）

※本書は、主として俳誌「浮野」に掲載された文章に加除修正を加えたものである。
※本書における俳句等の表記は、参照した出典に拠る。
※役職等の名称は、特に断りのない限り掲載当時のものである。

あとがき

落合水尾先生の俳句について鑑賞の文章を書き進めようと思い立ったのが、平成二十五年一月のことであった。幸い私の書棚には、水尾先生の句集八冊が揃っていて順に並べてある。が、処女句集の『青い時計』だけはなかった。

早速、第二句集『谷川』について拙い文章をまとめ、その年の三月の同人会総会の折に、水尾先生に手渡すことができた。それから二年半の間に少しずつ筆を進めていった。

『谷川』『澪標』『平野』『東西』『徒歩禅』『蓮華八峰』『浮野』『日々』の八句集について書き、『青い時計』については坂本坂水さんから本をお借りし、すべての句について筆写した上で選句、少しずつ書き進めていった。第十句集『円心』は平成二十七年五月に出版されたが、間もなくこれについても書くことができた。

無論、水尾先生の代表句すべてについて鑑賞を試みることができたわけではない。私の好きな句を選び、それについて鑑賞の筆を執ったに過ぎない。

水尾俳句について書くことは、水尾先生の提唱される「観照一気」の俳句とはどのようなものなのかということに言及することでもある。拙い私の力では、そこに十分に迫ることができたとは言い難いが、自分なりに学んできたものを書くことができたように思う。

今回、これまで「浮野」誌上に連載してきた文章を一冊にまとめることができたのは、望外の喜びである。また、能村研三主宰の「沖」誌に掲載した文章のほか、若い頃から書いてきた文章も収めることにした。

出版をお許し下さった落合水尾先生と、出版に当たり尽力して下さった「文學の森」の皆様に、深く感謝申し上げる次第である。

平成二十七年九月十日

松永浮堂

著者略歴

松永浮堂（まつなが・ふどう）　本名　孝夫

昭和31年３月24日　埼玉県加須市に生まれる
昭和52年　「浮野」創刊と同時に入会、落合水尾に師事
昭和54年　埼玉大学教育学部卒業
昭和55年　浮野賞（新人賞）受賞
昭和60年　第１句集『平均台』刊
昭和62年　谷川賞（同人賞）・第３回浮野大賞受賞
平成元年　俳人協会会員
平成５年　第２句集『肩車』刊
平成14年　第８回浮野大賞受賞
平成15年　埼玉文芸賞準賞受賞
平成16年　第３句集『げんげ』刊
平成17年　『げんげ』により第28回俳人協会新人賞・
　　　　　第36回埼玉文芸賞正賞受賞
平成23年　第４句集『遊水』刊

現　在　「浮野」同人、俳人協会会員

現住所　〒347‐0058　埼玉県加須市岡古井1373
電　話　0480‐62‐3020

落合水尾《おちあいすいび》と観照一気《かんしょういっき》

発　行　平成二十八年四月十七日
著　者　松永浮堂
発行者　大山基利
発行所　株式会社　文學の森
〒一六九-〇〇七五
東京都新宿区高田馬場二-一-二　田島ビル八階
tel 03-5292-9188　fax 03-5292-9199
e-mail mori@bungak.com
ホームページ http://www.bungak.com
印刷・製本　竹田　登

ISBN978-4-86438-498-8　C0095
落丁・乱丁本はお取替えいたします。